로크미디어가
유혹하는
재미있는 세상

ROK
MEDIA
로크미디어

이것이 법이다

이것이 법이다 32

2018년 2월 22일 초판 1쇄 인쇄
2018년 2월 27일 초판 1쇄 발행

지은이 자카예프
발행인 이종주

기획 팀 이기헌 왕소현 박경무 이승제
책임 편집 최전경

발행처 (주)로크미디어
출판등록 2003년 3월 24일
주소 서울시 마포구 성암로 330 DMC첨단산업센터 3층 314호
Tel (02)3273-5135 **Fax** (02)3273-5134
홈페이지 rokmedia.com **E-mail** rokmedia@empas.com

ⓒ 자카예프, 2015

값 8,000원

ISBN 979-11-294-0815-0 (32권)
ISBN 979-11-255-9575-5 04810 (세트)

이것이 법이다

32

자카예프 장편소설

로크미디어

CONTENTS

합법적 투쟁

　"일단 우리가 해야 하는 일은 소방관의 일부터 해결하는 겁니다."

　그 녀석이 새론에 억하심정이 있다고 하지만 아직은 자신들에게 손댈 만큼 어리석지는 않을 것이다.

　"급한 건 우리가 아닌 소방관 측이니까요."

　"그건 그렇지."

　"그러니 일단은 소방관 쪽 문제를 해결하는 쪽으로 신경을 쓰죠. 정광팔이 멈출 것 같지 않으니까."

　"흠……."

　노형진의 말에 다들 침묵을 지켰다.

　"솔직히…… 방법이 없지 않아? 그쪽에서 하는 게 공식적으로는 합법이라면서?"

"합법은 아니지만 불법도 아니지. 전에도 말했지만 일을 하지 않는 공무원을 처벌하는 규정은 없으니까. 그에 반해 정광팔에게는 자신의 말을 듣지 않는 공무원을 자를 수 있는 권한이 있고."

"그러면 어떻게 해? 소송으로는 방법이 없잖아?"

노형진의 말에 손채림은 우울하게 말했다.

"직접적으로는."

"직접적? 그럼 노 변호사는 방법이 있다는 건가?"

송정한은 깜짝 놀랐다. 자신이 봐도 이건 방법이 없어 보였기 때문이다.

"엄밀하게 말해서 직접적인 소송을 해서는 방법이 없습니다. 설사 한다고 해도 입증은 거의 불가능해질 가능성이 높고요."

"그럼?"

"하지만 우리는 그동안 소방관에 대한 대우가 좋지 않았다는 점에 집중해야 합니다."

"집중?"

"네. 그 점을 이용해서 이쪽에서도 합법적인 투쟁을 하는 것입니다."

"합법적 투쟁?"

"네. 지금 정광팔은 합법을 가장하고 있습니다. 우리 역시 그 점을 이용해서 파업을 하는 겁니다."

다들 눈이 파르르 떨렸다.

파업. 그건 생각보다 큰 문제다.

"자네…… 그게 무슨 말인지 아나?"

"네."

소방관의 파업.

그건 누군가가 크게 다치거나 죽을 수도 있다는 소리다. 소방관은 사람을 구하는 직종이니까.

그렇다고 소방관을 임시직을 쓸 수 있는 것도 아니다. 그들은 철저하게 훈련받은 전문가들이다.

자르고 다시 뽑으면 된다고 생각하는 정광팔과 다르게, 파업한다고 해서 새로 뽑아서 채우기 쉬운 자리가 아닌 것이다.

"욕먹을지도 모르네."

"하라고 하세요. 솔직히 국민을 위해 목숨 걸고 일하기는 했지만 지금 이분들 상황을 국민들이 알지는 못하지 않습니까? 좀 극단적이더라도 한 번은 알려야 합니다."

"음……."

매년 수십 명이 구조나 화재 등을 진압하다가 사고로 사망하고 그보다 몇 배나 더 많은 사람들이 그 과정에서 걸리는 PTSD, 즉 외상 후 스트레스로 인해 자살하는 게 소방관이다.

"그리고 이거 엄밀하게 말하면 인질극입니다."

"인질극?"

"네. 지금 정광팔은 이렇게 생각하는 겁니다. 니들이 어쩔 건데, 그만두면 뽑으면 그만이다. 그러니까 파업을 하면 새로 뽑지는 못합니다. 그런 상황에서 이런 사태를 만든 정광팔을 노리면 여론이 어떻게 돌아갈까요?"

"그다지 좋지는 않겠군."

정광팔은 정치인이다.

그가 아무리 뼛속부터 미친놈이라 갑질을 하고 권력을 행사한다고 해도, 헌법에 따르면 모든 권력은 국민에게서 나온다. 그는 그게 자기 거라고 생각하는 모양이지만.

"그러니 합법적인 파업을 통해서 사람들에게 위기의식을 줘야 합니다."

"파업이 좋지는 않을 걸세."

"나도 그렇게 생각해. 소방관이 힘들다고 파업하면 국민들이 소방관을 욕하겠지."

"그러니까 인질극인 거죠."

정광팔은 소방관들에게 국민이라는 인질을 들이밀고 있는 셈이다. 너희가 그만두지 않으면 내가 너희를 괴롭힐 거라고 말이다.

그렇다고 파업이나 다른 방법을 쓰면 그 욕을 먹는 것은 다름 아닌 소방관이 될 것이다.

정광팔은 어떤 결과가 나오든 자신에게 유리하기 때문에

뒤에서 히죽거리면서 웃고 있을 가능성이 높다.

"그러니까 합법적인 다른 방법을 써야지요."

"그러니까 어떻게?"

"그건 그동안 정광팔, 아니 대한민국이 소방관들에게 해 온 대우에 맞춰서 하면 됩니다."

노형진은 자신이 있게 씩 웃었다.

"파…… 파업요?"

이창직은 떨떠름한 얼굴이 되었다.

그럴 수밖에 없는 게, 노형진이 말한 방법은 극도로 공격 적이었기 때문이다.

"아무래도 파업은 무리지 싶은데요?"

"진짜 파업을 하라는 게 아닙니다."

"네?"

"소방관이 일을 할 수가 없는 상황이라는 점을 적극적으로 어필하는 거죠."

"어떻게요?"

노형진은 자신의 계획을 이창직과 다른 소방관들에게 말 해 주기 시작했다.

"PTSD, 그러니까 외상 후 스트레스 장애에 대해 아실 겁니다."

"알죠."

솔직히 여기에 있는 소방관 중에서 그걸 겪지 않고 있는 사람은 없다.

그런데 한 해에 한 사람이 받는 지원비는 평균 5천 원이다. 한 달이 아니라 한 해에 5천 원.

말 그대로 명목상의 지원비이니 전혀 도움이 되지 않는다.

'한번 상담하는 데 못해도 10만 원이나 하는데 5천 원이 뭐냐, 5천 원이.'

그만큼 PTSD에 대해 인식은 하고 있지만 그걸 고쳐 주거나 책임져 줄 생각은 없다는 뜻이다.

"그 점을 노리는 겁니다."

"네?"

"파업이라는 건 기본적으로 근무를 태만하게 하고 자신의 목적을 위해 공적 업무에서 손을 떼는 것을 말합니다."

"그렇지요."

"하지만 우리에게는 병가라는 게 있지요."

"병가? 있어도 못 쓰는 그거요? 노 변호사님, 이런 말씀 드리기 죄송하지만 병가는 있어도 못 씁니다. 사람이 없어요."

매일같이 사람이 부족한 게 소방관이다.

그러니 병가를 신청해도 제대로 통과된 적이 없다. 무조건 나와서 일하라는 식이다.

설사 그렇지 않다고 해도 마음대로 신청할 수가 없는 게, 한 명이 빠지면 불을 끄는 중에 위험도는 배가되는 탓에 동료애 때문이라도 대부분 아픈 몸을 이끌고 나온다.

"그러니까 우리가 그걸 이용해야 한다는 겁니다. 솔직히 지금이 정상적인 상황은 아니잖습니까?

2차대전 당시에 연합군은 아무리 전쟁이 다급해도 전쟁터에 투입되는 병사들의 순환에 신경을 썼다. 최전방에서 3개월을 싸우면 다음 3개월은 후방에서 쉬는 식으로 말이다.

심지어 독일군도 그랬다.

그걸 지키지 않은 국가는 단 하나, 일본뿐이다.

그리고 우리나라 정부는 그러한 일본에서 많은 걸 답습했다. 친일파들이 청산되지 않고 그대로 그 자리에 있기 때문이다.

그리고 그 결과, 한편으로는 일본보다 더 막장이 된 것이다.

"지금 소방관들이 딱 그때 일본 꼴입니다. 정신력을 요구하면서, 정작 정신적 안정에 대해서는 관심도 보이지 않고 있지요."

"그래서요?"

"만일 그걸 가지고 소송을 걸면 어떻게 될까요?"

"그거야…… 아!"

"그래서 합법적인 파업이라고 하는 겁니다."

현재 대한민국에 있는 수많은 소방관들은 PTSD로 인한 질병에 시달리고 있다. 그리고 현행법상 이런 경우 병가를 허가해 줘야 한다.

다만 인원이 없다는 이유로 허가를 안 해 줄 뿐.

"하지만 소송을 하게 되면 당연히 법원에서 허가가 나옵니다. 만일 허가가 나오지 않으면 우리는 다시 한 번 해당 업무에 관련된 소송을 할 수 있지요."

"음……."

이쪽이 정신적 스트레스로 인해 업무가 불가능하다고 판단되는데 국가 쪽에서 마구잡이로 투입할 수는 없다.

"그리고 언론에서는 그걸 물고 늘어질 겁니다. 아마도 소방관을 죽이는 현 정부에 대해 말이 많겠지요. 그렇게 된다면 예산의 집행을 막은 정광팔은 곤란한 상황이 될 겁니다."

"허허허……."

노형진의 말에 다들 혀를 내둘렀다.

모두 PTSD에 대해 알고는 있었지만 그게 그렇게 사용될 수 있다는 것은 생각도 못 했다.

"결국 자업자득입니다."

노형진의 계획을 들은 소방관들은 한 가지만 빼고 동의했다.

"그렇게 되면 소방관이 부족할 텐데요?"

"그게 목적입니다."

"네?"

소방관이 부족해지는 상황이 목적이라는 말에 깜짝 놀라

는 사람들.

"만일 부족하면 어떻게 할까요?"

"당연히 뽑겠죠."

"그 상태에서 복직하면 어떻게 될까요?"

"어…… 그렇게 되면……."

기존에 있던 공무원들을 해직할 수는 없다. 그나마 힘들고 고생이 많은 소방관이라는 직종에 지원자가 많은 이유가 바로 공무원이라서 해직되지 않는다는 것 때문이다.

"그러면 그동안 골치를 아프게 하던 인력 충원 문제가 해결되겠군요."

이창직 소방관은 탄성을 질렀다.

그동안 인력 좀 충원해 달라고 애원하고 읍소했지만 정부에서는 언제나 돈을 핑계로 지원해 주지 않았다. 그래서 빡빡하게 돌아간 게 바로 소방관의 업무였다.

"그거야 그렇지만…… 장비는?"

"새로운 피가 들어가게 되면 항의도 많아지기 마련이지요."

"하긴……."

시험에 합격해서 들어온 소방관들은 열정이 넘친다. 그리고 쓴소리도 잘한다.

그들과 기존 소방관들이 한꺼번에 뭉치게 되면 적지 않은 힘이 될 것이다.

"현재 소방관, 아니 소방청의 문제는, 조직에 비해서 너무 힘이 약하다는 겁니다. 단체를 움직이는 사람도 없고 그렇다고 힘이 될 만한 사람도 없지요. 그럴 때는 집단의 힘이 강해야 합니다."

"하지만 그건 불법인데요?"

공무원이 집단을 형성하는 것은 불법이다. 그러니 당연히 이창직은 불안할 수밖에 없었다.

하지만 노형진은 피식 웃었다.

"그러니까 소방관이 계속 예산이 깎이는 겁니다."

"네?"

"불법이면 뭐 어떻습니까? 대놓고 뇌물을 주고 돈을 달라고 하는 게 현재 대한민국의 공무원들인데."

"그거야……."

"다들 뇌물 주는데 소방공무원만 뇌물 안 주면 당연히 그쪽 예산을 깎겠지요."

"……."

예산의 집행이나 결정의 권한은 국회의원에게 있다. 또한 감사도 그들이 한다.

대한민국에서 대부분의 부서들이 한 푼이라도 예산을 더 따내기 위해 그들에게 로비하고 뇌물을 준다. 그리고 그렇게 예산을 따내면 또다시 차액이 국회의원에게 뇌물로 들어가는 악순환이 반복된다.

"하지만 소방관들은 그럴 상황이 아니죠."

뇌물을 줄 만큼 돈이 많은 것도 아니고, 업무상 뇌물을 줄 만한 일도 아니다.

그들은 대국민 서비스니까 뇌물이 돌고 도는 다른 부서와는 다르기 때문이다.

"하, 하긴…… 그렇지요."

"이건 심각한 겁니다. 결국 뇌물을 만들어 내기 위해 위에서 줄일 수 있는 건, 여러분들의 안전용품뿐 아닙니까?"

노형진은 미래의 뉴스가 생각이 났다.

방화복을 공급하는 계약을 맺었는데 뇌물을 받고 실험도 거치지 않은 불량 방화복을 받았던 일. 그걸 전면 교체하느라고 수십억이 더 들었지만 그 당사자는 제대로 처벌도 받지 않았다.

"더군다나 정광팔의 이번 행동은 소방관의 현실적인 문제를 제대로 짚어 준 겁니다. 사람의 목숨을 구하는 영웅들에게 이런 식의 대우는 있을 수도 없고 있어서도 안 됩니다."

"하지만……."

"그러니까 제 말을 따라 주십시오. 세계 각국이 왜 테러와의 협상은 없다고 하는지 아십니까? 한번 협상하기 시작하면 테러범들이 국민을 인질 삼아 끝도 없이 요구하기 때문입니다. 그리고 지금 정광팔은 국민을 인질 삼아서 여러분들이 그만두기를 요구하고 있는 상황이군요."

"으음……."

이쪽에 잘못이 있다면 당연히 그만둬야 한다.

하지만 지금 정광팔의 행동은 테러와 하등 다를 바 없는 짓이었다.

"그러니까 절 믿어 주십시오."

노형진의 말에 소방관들은 고개를 끄덕거렸다.

"어차피 한 번은 벌어질 일이니까 그럽시다."

누군가의 말에 다들 수긍하는 눈치였다.

소방관들은 다들 안다, 무슨 일이 있으면 가장 먼저 동원 되는 것이 자신이라는 사실을.

소방관이 얼마나 힘든지에 대해서는, 정치인들은 관심도 없다. 그들 입장에서 소방관은 행사장에서 의자나 닦는 노예 정도밖에 안 되는 것이다.

"좋습니다. 그렇게 하지요."

이들의 대표인 이창직은 한참을 고민하다가 고개를 끄덕 거렸다.

물론 이건 명백하게 위법이다. 아니, 위법이 될 수도 있다.

그러나 자신을 위해서가 아니라 국민을 위해서라도 더 이 상 물러날 수가 없다. 이런 식으로 계속 소방 조직이 축소된 다면 피해를 입는 것은 결국 국민일 테니까.

"그러면 어떻게 해야 합니까?"

"힘든 건 없습니다."

그들이 마음을 결정하자 노형진은 씩 웃었다.

"그냥 시간을 좀 내주시면 됩니다."

"시간을?"

"네."

노형진은 정광팔이 정신을 못 차리게 할 방법을 알고 있었다.

⚖

"반갑습니다."

"반갑습니다. 이야기는 많이 들었습니다."

노형진은 눈앞에 있는 사람을 보면서 애써 미소를 지었다.

'이쪽이랑 그다지 엮이지 않고 싶지만.'

눈앞에 있는 이는 정신과 의사 출신의 정치인으로, 벌써 4선째 하고 있는 사람이었다.

물론 그다지 좋은 인간은 못 된다. 자신의 이득을 위해 한 나라의 사업을 말아먹는 것쯤은 쉽게 생각하는 녀석들 중 하나니까.

'나중에 벌어질 일이기는 하지만.'

이자가 속한 무리는 국민의 인터넷이나 SNS가 마약과 같다면서 인터넷을 통제하려고 법안을 만들었던 자들이다. 물론 미래의 일이다.

그들이 그런 법을 만든 이유는 간단하다. 인터넷 업체에 뇌물을 요구했는데 거절당해서였다.

'그래도 일단은…….'

그건 나쁜 일이기는 하지만 지금 필요한 건 그의 자리다. 그러니 노형진은 그를 충분히 도와줄 생각이 있었다.

"요즘 선거 준비는 잘되어 가십니까?"

"허허허, 선거 준비라니요?"

"한국정신건강학회 회장 선거에 나가신다고 들었습니다."

"아이구, 그 이야기가 거기까지 갔습니까?"

다 알면서 히죽거리는 이상철.

그는 한국정신건강학회의 선거에 도전 중이고, 그 자리를 차지하기 위해 수많은 암투를 벌이는 중이다.

"그럼요. 솔직히 지금 학회가 방향을 엉뚱하게 잡고 있지 않습니까? 의원님 같은 분이 방향을 바로잡으셔야지요."

"같은 마음을 가지고 있는 이런 분을 만나다니, 반갑습니다. 하하하."

노형진은 마음에도 없는 말을 하면서 애써 미소 지었다.

사실 현재 정신건강학회는 바른 방향으로 가고 있다. 하지만 이상철이 회장이 되면서 변질되어 극단적 이익 단체가 되어 버린다. 이익을 나눠 준다는 말에 다들 그를 밀어준 것이다.

결과적으로, 대한민국의 인터넷 사업체들이 해외로 나가서 세금이 거덜 나게 하는 주범이 되었다.

'뭐, 그건 억울하지만, 그렇다고 막을 수도 없는 일이니.'

노형진이 지원하든 안 하든 그는 회장이 된다.

인간의 욕심이 얼마나 큰데 이익을 나눠 주겠다는 현 국회의원, 그것도 4선 의원의 말에 안 넘어갈 사람은 없으니까.

'그간 나중에 생각하자.'

일단 중요한 것은 소방관이다.

정확하게는 소방관의 치료비가 필요한 상황.

"그래, 저를 만나려고 한 이유가 뭡니까?"

"사실은 도움이 좀 필요합니다."

"도움?"

"네."

"제가 무슨 도움을 드릴 일이 있겠습니까? 그저 일개 국회의원일 뿐인데요."

그는 일단 슬쩍 발을 뺐다.

물론 진짜 도움을 줄 상황이 안 되어서 그러는 게 아니었다. 요구할 것이 있기 때문에 슬쩍 발을 뺀 것이다.

그리고 노형진은 그 점에 대해 잘 알고 있었다.

"국회의원이 아니라 한 사람의 의사에게 부탁드리는 겁니다, 의원님."

"의사에게?"

"네."

노형진의 대답은 교묘했다. 의사에게 부탁한다고 말하면서도 호칭은 국회의원이었기 때문이다.

즉, 정치적 목적이 있다는 뜻이다.

"어떤 부탁입니까?"

"개인적으로 전 소방관의 처우에 관해서 무척이나 관심을 가지고 있습니다. 그런데 그거 아십니까? 소방관들에게 부여되는 정신적 치료비는 고작 1년에 5천 원 정도라는 거?"

"그래서요?"

이상철은 시큰둥하게 말했다. 돈도 안 되는 소방관 따위, 관심도 없었기 때문이다.

"아무래도 소방관은 절대적으로 정신적 상담과 치료가 필요한 직업입니다. 그런데 정부에서는 그걸 인정하지 않고 있지요. 그러니 그들에게 도움을 줘야 하지 않겠습니까?"

"그거야 민간 보험으로 처리하라고 하면 되죠."

"소방관은 위험 직업군인지라 민간 보험에서 가입을 받아 주지 않습니다."

"그래요?"

"네."

소방관이 억울한 것 중 하나가 바로 이것이다.

이들은 직업적으로 위험한 곳에 갈 수밖에 없다. 그렇다 보니 쉽게 다칠 수밖에 없다. 소방관 업무를 하면서 다치지 않는 사람이 없을 정도니까.

그렇다 보니 보험 가입도 안 된다. 더군다나 대한민국에는 정신과적 질환의 보험은 없다.

"그러니까 그분들에게 도움이 필요합니다."

"그거야 각 지자체에서 해결할 일 아닙니까? 소방관은 지자체 소관일 텐데요. 그건 제가 아니라 도지사에게 가 봐야 할 문제 같습니다만?"

돈이 안 되는 걸 알자 확실하게 거절의 뜻을 내보이는 이상철.

'내 이럴 줄 알았다.'

애초에 이상철이 쉽게 도움을 줄 거라고는 생각도 하지 않았다. 그에게 중요한 것은 다름 아닌 돈이기 때문이다.

"물론 그렇지요. 하지만 지자체는 그걸 주려고 하지 않습니다."

"그러면 어쩔 수 없고요."

"하지만 소방관에게 필요한 것은 다름 아닌 정신적 치료비입니다. 그걸 주지 않으려고 한다면 국회의원이 나서야지요."

"아까도 말씀드렸다시피 소방관은 지방직입니다. 우리 같은 의원들과 상관이 없어요."

"하지만 정신과 의사분들이 도와주실 수 있지요."

"글쎄요. 다들 바쁘신 분들이라 가능할지……."

도와줄 생각이 없음을 은연중에 돌려서 말하는 이상철.

하지만 노형진은 그냥 물러날 생각이 없었다.

'하지만 돈이 된다면 이야기는 달라질걸?'

저들이 노리는 것은 단 하나, 바로 돈이니까.

"그러니까 국가에서 이 돈을 정신학회에 줘야 하지 않겠습니까?"

"그게 무슨 말씀이십니까?"

"원래 이런 건 법적으로는 정부가 부담해야 하는 거 아닙니까? 그러니 그걸 정부에서 내놔야지요. 그래서 소송을 준비할 생각입니다."

"하지만 그거랑 우리랑 무슨 관계가 있다고……?"

"아무래도 공무원의 비용 처리를 직접적으로 공무원에게 해 줄 수는 없지요. 그건 여러모로 불리하니까요. 그러니까 정부에서 학회 쪽으로 내는 쪽으로 하는 게 어떨까 하는 생각이 들어서요."

노형진은 돌려서 말했지만 의사를 할 정도로 머리가 좋은 이상철은 바로 알아들었다.

"진료비를 학회에 바로 낸다?"

"아무래도 병원비는 경비 처리하기가 훨씬 힘드니까요. 차라리 학회 차원에서 지원하는 걸로 하면……."

노형진의 말에 이상철의 눈에 불이 켜졌다.

노형진은 그 모습을 보고 속으로 환호를 했다.

'걸렸구나.'

애초에 이들이 인터넷이 마약이라고 거품을 물면서 싸움을 건 이유는 그 진료비를 인터넷 업체들로부터 뜯어내서 자신들에게 내도록 하기 위해서였다.

그래서 그들이 만든 법에 따르면, 인터넷 업체는 수익의 일부를 정신학회에 주도록 되어 있다. 이상철이 회원들에게 약속한 이득을 나누기 위해 만든 법인 것이다.

노형진은 그 논리를 살짝 빌려 온 것이었다.

'아마 다급하겠지.'

역사적으로 이상철이 회장이 되기는 하지만 그건 노형진만 알고 있는 일이다.

이상철은 현재 살짝 불리한 상황이다. 마땅하게 회원들에게 보여 줄 비전도 없고 선거 자금도 부족하다.

'하지만 돈이 된다면 이야기는 달라지지.'

"전국에 얼마나 많은 소방관들이 있습니까? 그들은 PTSD로 고통받고 있습니다. 그들을 치료하기 위해서는 적지 않은 돈이 필요하겠지요."

"흠……."

돈이라는 말에 슬쩍 관심을 보이는 이상철.

하지만 속으로는 이미 이쪽으로 반쯤은 넘어온 상태였다.

"그렇기는 하겠군요."

"그러니 그들이 치료받기 위해서는 상당한 지원이 필요합니다."

더군다나 이들에게는 완치라는 게 없다.

치료받는 비용도 비싼데 정신과 치료는 시간도 오래 걸린다. 사실 이들이 소방관으로 일하는 동안에는 계속 치료받을 수밖에 없다. 수십 년간 말이다.

'그러니 돈독이 오를 만하지, 후후후.'

한국은 정신과 진료 부분에 대해서는 상당히 부정적이다. 그렇다 보니 정신과 치료를 받는 사람들이 드문 편이고, 지난번에 겪었던 부자 납치 사건처럼 강제 입원실을 운영하지 않는 이상 정신과 의사의 경우 돈이 그다지 많이 벌리는 직업은 아닌 게 현실이다.

"그러니 그들에 대한 정신과 진료를 지원해 주신다면 얼마나 좋은 일을 하시는 거겠습니까?"

만일 노형진의 추측이 맞는다면 정부에서는 협회에 치료비를 줄 테고 협회는 그 돈을 받아서 배에 기름을 채울 것이다.

인터넷 통제야 결국은 국민들에게 엄청나게 욕먹고 실패했지만 이건 욕먹을 일도 없다.

더군다나 일단 누군가 끌고 오기를 기다리는 인터넷과 다르게, 소방관이라면 당연히 치료받아야 하니 잠재 수요는 훨씬 많다.

"장기적으로 보면 소방관뿐만 아니라 경찰도 포함될 수 있겠지요."

"경찰?"

"네. 미국 같은 경우는 경찰이나 소방관에 대한 정신적 치료나 상담이 의무화되어 있을 정도로 정신학회가 존중받고 있습니다."

노형진은 그렇게 말하면서 살살 그를 흥분시켰다.

그들의 목적은 돈이다. 그걸 긁으면 충분히 움직인다.

"음……."

이상철은 침묵을 지켰다.

자신도 미국을 갔다 와서 안다.

미국에서는 무슨 일만 생기면 무조건 정신과 상담을 시킨다. 심지어 주요 직업의 경우 승진 같은 걸 할 때도 상담은 필수다. 특히나 사회적 업무를 하는 사람들은 아예 의무화해서 혹시 모를 사태에 대비한다.

그래서 사회 전반과 공직에서 정신과 학회가 가지고 있는 위력은 적지 않다.

"우리는 그게 맞다고 생각합니다. 공무원이라는 이유로 다른 사람 억울하게 하는 행동을 해서도 안 되지만 불이익을 받아도 안 되겠지요."

"당연한 거 아닌가요? 소방관들이야말로 이 나라에서 국민들을 구하는 살아 있는 영웅들인데 그들의 치료 정도는 당연히 국가에서 해 줘야지요."

일단 돈이 연관되었다는 생각이 들기 시작하자 이상철은 바로 돌변했다. 아까는 전혀 관련이 없는 일이라고 하더니 이제는 적극적으로 나서서 자신들과 관련이 있다고 하기 시작한 것이다.

"한국정신건강학회가 그런 분들의 안전을 챙겨야지, 누가 챙기나요?"

"그렇지요? 이번에 추경예산 심사에 들어가지 않습니까? 그때 적극적으로 어필하면 여러 소방관들을 구할 수 있을 겁니다."

"그렇겠군요."

"그럼요."

사람들이 잘 모르는 일 중 하나가 소방관이 업무 중 사고로 죽는 비율보다 자살하는 비율이 더 높다는 것이다. 그리고 정부의 입장에서는 그걸 더 반긴다.

업무 중 사고는 보상도 해야 하고 연금도 줘야 하지만 자살은 그럴 이유가 없기 때문이다.

그리고 정부의 입장에서 소방관은 뽑으면 그만이라는 인식이 강하다.

'그렇지만 이권이 걸리면 이야기가 달라지지.'

한국정신건강학회는 은근히 파워가 있는 단체다. 공식적으로 소속된 국회의원은 이상철 한 명뿐이지만 그를 중심으로 사방에 로비할 수 있기 때문이다.

하물며 인터넷 통제 당시에도 국민들이 그렇게 욕하는데도 강행할 만큼 로비 능력이 뛰어났으니, 국민들이 욕하지 않는 상황이라면 이야기가 훨씬 간단해질 것이다.

"이건 제가 인사 차원에서 가지고 온 겁니다."

노형진은 그에게 작은 상자 하나를 건넸다. 시중에서 흔하게 보이는 그런 음료수 박스였다.

무심결에 받아 든 이상철은 얼굴에 화색이 돌더니 그걸 슬쩍 아래쪽으로 감췄다.

"역시 대한민국은 살 만합니다. 노 변호사님 같은 분이 소방관 같은 영웅을 챙겨 주니까요."

"별말씀을요. 하하하하."

둘은 서로 다른 생각을 가지고 웃기 시작했다.

⚖

"이게 말이나 됩니까! 선진국이라고 자부하는 대한민국이 아직도 소방관에게 제대로 된 지원도 하지 않고 있다는 게!"

방송에서 나와 열변을 토하는 이상철.

노형진은 인터넷 언론을 통해서 그 점을 부각시키기 시작했고, 사람들은 광분했다.

"와, 5천 원이 뭐냐, 5천 원이."

"완전 사람을 노예 취급하네."

대한민국에서 유일하게 욕먹지 않는 공무원. 절대적인 지지를 받는 공무원. 그게 바로 소방관이다.

그렇다 보니 그들이 고통으로 자살한다는 소식은 사람들에게 충격이었다.

사실 그동안 알려지지 않았던 것도 있었기 때문에 사람들은 이 사실에 대해 성토하기 시작했고, 각 정당들은 너도나도 소방관을 위해 뭔가를 해야 한다면서 언성을 높여 댔다.

여론을 타기 위해서였다.

"이거 참…… 간단하다고 해야 하나, 대단하다고 해야 하나."

얼마 전까지만 해도 아무도 신경 쓰지 않던 소방관의 복지에 대해 사방에서 성토하기 시작하자 송정한은 놀라움을 금치 못했다.

"결국은 분위기죠."

"분위기?"

"네, 정치라는 게 그런 겁니다. 그들은 자신이 원하는 대로 주제를 잡을 수 있지요."

그리고 그게 주제라고 생각하면 사람들은 그쪽으로 쏠린다. 그게 사회다.

"적당히 정치인에게 부탁하고 언론사가 이야기를 다루게 되면 그건 사회의 주류가 다 아는 이야기가 됩니다."

"그런가? 그나저나 정광팔은 곤혹스럽겠군."

"그렇겠지요."

정광팔은 소방관을 말려 죽이기 위해 음모를 짜고 있었다. 그런데 갑자기 여론이 소방관 쪽으로 넘어가기 시작한 것이다.

사람들이 관심도 안 가지던 소방관에 대해 정부를 성토하고 있었다.

"그다지 곤혹스럽지 않은 모양인데요?"

"그 정도는 예상했다 이건가?"

이것이 법이다

"예상을 했다기보다는, 우리나라 사람들의 냄비 근성을 믿는 거죠."

현재 정광팔은 상황이 이렇게 되었는데도 불구하고 예산의 집행을 철저하게 막고 있다. 즉, 물러날 생각이 없는 것이다.

"이쯤에서 서로 물러나면 좋겠지만."

노형진은 이번 사태를 준비하면서 정광팔이 사람들의 눈치를 봐서 이쯤에서 물러나 줬으면 했다. 하지만 그는 물러날 생각이 없었다.

"끝을 보고 싶은 모양이니 그렇게 해야지요."

"진짜로 할 건가?"

"네, 해야지요. 인질이 잡혀 있다고 언제까지 끌려가기만 할 수는 없지 않습니까?"

송정한은 우려 섞인 얼굴로 노형진을 바라보았다.

"어쩔 수 없습니다. 때로는 피도 봐야 하는 법이니까."

노형진은 안타깝게 말할 수밖에 없었다.

⚖

"이게 무슨 말이야!"

소방청의 규화수 부장은 엉덩이에 불이 나는 기분이었다.

"휴직계?"

"네, 더군다나 신청자가 무려 마흔 명이 넘습니다."

"씨발…… 장난해? 이 지역에 소방관이 얼마나 된다고 마흔 명이나 휴직을 해!"

한 지역에서 무려 마흔 명이나 되는 사람들이 휴직을 신청한 것이다.

이 지역에 있는 소방관의 숫자가 백스무 명 정도 되니 3분의 1 정도가 휴직을 신청했다는 뜻인데, 문제는 기존에 사고 같은 연유로 쉬고 있는 사람도 열 명이나 된다는 것이다.

그럼 무려 약 쉰 명이나 쉬게 된다는 소리다.

"그게 말이 돼!"

"하지만 이건 진단서까지 첨부된 사항이라서요."

"진단서?"

"네. 이거 허가 안 해 주면 문제가 될지도 모릅니다."

노형진이 그냥 정치인 좋으라고 그들에게 뇌물까지 줘 가면서 부탁한 게 아니다. 이슈화시키는 것이 목적이기도 했지만, 동시에 그들에게 소방관의 진단서를 부탁하기 위해서였다.

우리나라 정신과 의사들은 대부분 한국정신건강학회에 속해 있다. 그런 상황에서 정신건강학회가 소방관의 정신 건강을 문제 삼아서 들고일어났다.

그런 상황에 소방관들이 정신감정을 받으러 왔는데 어떤 의사가 멀쩡하다고 해 주겠는가? 당연히 PTSD가 심각하다고 진단을 내렸다. 실제로도 심각한 상황인데 인력 부족으로 인해 어쩔 수 없이 일하고 있는 것도 사실이고 말이다. 그러니 그 진단서를 받아 내는 것은 어려운 일이 아니었다.

"이거 정식으로 의사한테 검사받은 건데⋯⋯."

"아, 몰라, 씨발! 모조리 반려해!"

"네?"

부장의 말에 깜짝 놀라는 직원.

하지만 부장은 단호했다.

"장난해? 마흔 명이나 빠지면 일은 누가 하는데? 그리고 전부 자를 수도 없잖아!"

"그렇지만⋯⋯."

"닥치고 반려해!"

부장의 말에 부하 직원은 어쩔 수 없이 반려 통지를 보낼 수밖에 없었다.

"역시나 반려네."

노형진은 한꺼번에 날아온 반려 통지를 보면서 피식 웃었다.

"예상했나 봐?"

"당연하지. 뻔한 거 아냐?"

노형진은 손채림의 말에 씩 웃었다.

이미 반려 정도는 예상하고 있었던 일이기 때문에 딱히 배신감이나 놀라움이 느껴지지는 않았다.

"이 정도 인원이 빠지면 사실상 소방 업무는 마비된다고. 그러면 얼마 후에 있을 소방관 선발에서 대부분 보충 인원을 뽑아야 하는데, 그렇다고 이쪽을 자르는 것도 불법이거든."

그러니 반려하려고 하는 건 당연한 일.

"그나저나 공무원들이 이렇게 빨리 일하면 참 좋겠다."

"응?"

"마흔 개나 되는 휴직계가 한꺼번에 같은 날 반려되는 게 가능하다고 생각해?"

더군다나 정식으로 의사의 진단서까지 포함된 휴직계다.

일단 휴직계가 들어가면 그걸 심사하고 판단해서 가능 여부를 결정해야 한다. 그런데 채 일주일도 안 돼서 몽땅 반려 처분이 되어 버렸다.

"애초에 심사도 안 했다는 소리네."

손채림은 바로 알아듣고는 피식 웃었다.

공무원들이 아무리 빨리 일한다고 해도 이걸 이렇게 빨리 처리할 수는 없다. 그러니까 애초에 심사라는 것 자체를 안 한 것이다.

"그럼 어쩔 거야?"

"뭐, 예상은 했으니까."

노형진은 자리에서 일어났다. 그리고 미리 준비한 소장을 들었다.

"그러면 당연히 법적으로 해야지. 안 그래?"

영웅에게 휴식을

"이거, 이거……."

노형진은 진술서를 받기 위해 소방관들의 애로 사항을 듣기 시작했다. 그런데 생각보다 그 문제가 크다는 것을 인정할 수밖에 없었다.

"휴가를 쓰신 지 4년이 넘었다고요?"

"그렇지요."

"아니, 왜요?"

"대체 인력도 없고…… 내가 휴가 가면 불 끄러 갈 사람이 없으니까."

휴가를 안 보내 주는 것은 아주 흔한 일이고, 장비를 안 주는 것은 너무나 당연한 일이었다.

소방 장갑을 달라고 했는데 보급 나온 것은 작업용 빨간색 목장갑이었다.

　이게 문제가 뭐냐면, 빨간색 고무 부분은 내열 고무가 아니기 때문에 만일 화재 현장에서 이걸 쓰면 고무가 녹아서 안으로 스며든다. 그 상태로 피부와 엉키게 되면 장갑을 벗는 중에 피부까지 벗겨지게 되는 것이다.

　'이게 안전의 최우선이라는 소방관 맞아?'

　말로는 안전의 최우선이라고 하지만 정작 소방관의 안전에 대해 책임지는 사람은 없었던 것이다.

　"이런 걸 지난 몇 년간 그냥 참으셨다고요?"

　"그래야 사람을 구하니까요."

　노형진은 얼굴이 와락 일그러졌다.

　가능하면 쓴소리는 하고 싶지 않았지만 이건 뭐라고 할 수밖에 없는 일이었다.

　"저기요, 이런 말 아십니까?"

　"어떤 말입니까?"

　"착하면 호구가 된다고요."

　"아…….'

　"이거 딱 봐도 호구 취급한 거잖습니까?"

　인원이 줄어도 남은 사람들이 어찌어찌 자기희생 해 가면서 불을 끄니까 인원은 보충도 안 해 주고 규정상 1인당 한 벌씩 지급해야 하는 방화복도 돈이 없다는 이유로 안 사 준다.

심지어 차량의 수명이 다해서 갈든가 최소한 브레이크라도 바꿔야 하는데 돈이 없다고 수리를 안 해 줘서 차량을 세울 때는 언제나 아래에 받침을 놔야 한다.

"아니, 자기도 못 지키는 상황에서 누구를 구해요?"

"아무래도…… 도움이……."

"당장 도움이 필요한 건 여러분들입니다. 남만 다 구하면 정작 본인은 언제 구할 겁니까? 여러분들이 다치거나 죽으면 그 뒤에 남는 사람들은요? 생각이 있는 겁니까, 없는 겁니까?"

노형진은 진심으로 화가 났다.

자신들이 조금만 참으면 된다고 하는 거, 그게 잘못된 거다. 그럴수록 세상은 그들을 호구로 볼 뿐이다.

"여러분이 남을 배려하는 거하고 이용당하는 건 전혀 다릅니다. 아십니까?"

"그렇기는 하지만……."

"여러분들이 죽으면 저 인간들이 남은 가족들이나 보살펴 줄 것 같아요? 위로금이랍시고 푼돈 쥐여 주고 끝내겠죠. 그 후에 뭐가 있는지 아십니까?"

노형진이 마구 화를 내자 이창직 소방관은 그를 진정시켰다.

"진정하세요. 이런 사람들이라 소방관 하는 겁니다. 먹고 살려면 다른 쪽으로 갔죠."

"끄응……."

실제로 소방관들은 체력이 좋기 때문에 원하면 경찰 쪽으로 갈 수도 있다. 강력계 같은 분야만 아니라면 소방관 업무보다 훨씬 편하게, 그리고 안전하게 할 수 있는 게 경찰이다. 실제로 간 사람들도 많고 말이다.

그럼에도 가지 않는 것은 그 사명감 때문이다.

"그러다가 죽어요!"

노형진은 그렇게 말하면서도 왠지 가슴이 짠했다.

'젠장.'

자신이 그러다가 죽었으니까. 그리고 지금도 그래서 이 짓거리를 하고 있으니까.

그래서 너무나도 격하게 공감 가기 때문에 더 큰 소리를 낼 수밖에 없었다.

"미안합니다."

"미안해할 게 아니죠……. 젠장…… 영웅만 찾는 게 아니라 영웅답게 대우해 줘야 하는 건데."

이들은 노형진이 이렇게 말한다고 해서 그만둘 사람들도, 그렇다고 다른 일을 할 사람들도 아니다. 그러니까 소방관인 것이다.

"이 일은 좀 독하게 해야겠습니다."

"독하게 해야겠다고요?"

"네."

노형진은 이를 빠드득 물었다.

이들을 지키기 위해서는 일을 독하게 할 필요가 있었던 것이다.

"이게 무슨······."

정광팔은 쌓여 있는 소송장을 보면서 입을 쩍 벌렸다. 자신이 생각하는 것과는 전혀 다른 방향으로 사건이 벌어지기 시작한 것이다.

"이게 뭐야?"

"소방관들의 소송장입니다. 법적인 휴가를 보장하라는 것과, 진단서가 첨부된 만큼 병가를 인정해 달라는 소송장입니다."

"뭐가 이렇게 많아!"

"현재 백스무 명이 참가했습니다. 그리고 지역 내 다른 소방서들에서도 함께하려는 움직임이 발견되고 있습니다."

"함께하려는 움직임?"

"네. 아무래도 노형진 그 인간의 솜씨인 듯합니다."

"이 개새끼가!"

그는 벌떡 일어나서 소리를 질렀다. 지난번에 자신을 찾아왔던 노형진이 기억이 난 것이다.

"또 그 새끼야?"

"네, 정식으로 수임해서 사건을 진행하고 있다고 합니다."

"큭……."

자신의 계획은 기존에 자신에게 반기를 든 소방공무원들을 다 자르는 것이었다.

아무리 도지사라고 해도 바로 해고할 수는 없다. 자신은 선출직이지, 사장이 아니니까. 그래서 그들을 괴롭혀서 쫓아 내려고 했던 것이다.

그런데 노형진은 병가라는 무기를 들고 나왔다.

"그래서 병가를 핑계로 쉽게 만들겠다?"

"그런 것 같습니다."

"변호사들은 뭐래?"

"그게……."

비서관은 곤란스러운 얼굴이 되었다.

정광팔은 그에게 자신의 명패를 던졌다.

"이 새끼야, 말 안 해?"

"이건 질 수밖에 없는 사건이라고 합니다."

"뭐라고?"

"일단 의사의 진단서가 있으니 해 주지 않을 이유가 없고, 의사의 진단서에 따르면 시급하게 해 줘야 하는 상황이라고……."

"씨발, 좆 까라 그래! 이번 사건 담당 판사 번호가 몇 번이야!"

"네?"

"좆 까라고 그러라고! 판사가 허락 안 해 준다는데 뭐라고 할 거야?"

정광팔은 절대로 그냥 순순히 물러날 생각이 없었다.

그는 사건 기록을 뒤져서 바로 판사의 전화번호를 알아낸 다음 그 사건의 담당 재판부로 전화를 걸었다.

─네, 법원입니다.

"어, 그래. 여보쇼."

─네, 말씀하세요.

"나 도지사 정광팔이오."

─네, 여보세요?

"나 도지사 정광팔이라고."

─저기요, 여기 법원입니다. 전화 잘못 거셨어요.

"나 도지사 정광팔이라니까!"

─여기 법원이라니까요. 장난 전화하지 마세요.

"너 이름이 뭐야?"

─무슨 일 때문에 전화하신 겁니까?

"내가 도지사인데, 너 누구야. 너 이름이 뭐냐고, 이 새끼야."

─하아…… 여기 법원입니다. 욕하지 마십시오.

"너 이름이 뭐냐고 묻잖아, 내가!"

─일단 여기 법원이라니까요. 무슨 일로 전화하신 거냐고요.

"아니, 도지사가 묻는데 대답을 안 해?"

그러자 상대방은 어이가 없는지 잠깐 침묵이 흘렀다.

하긴, 다짜고짜 전화해서 도지사라고 주장하면서 용건은 말 안 하고 화부터 내고 있으니 누가 장난이라고 생각하지 않겠는가?

하지만 상대방은 일단은 공무원인지라 최대한 친절하게 대답했다.

─어르신, 여기 법원이고요. 이건 업무용 전화여서 전화 자주 오는 거예요. 여기 장난 전화하시면 안 됩니다.

"네 이름 뭐냐고! 도지사가 묻는데 왜 대답을 안 해?"

─하아.

결국 상대방은 말이 안 통한다고 생각했는지 한숨 소리와 함께 전화를 끊고 말았고, 그와 함께 정광팔의 인내심도 끊어지고 말았다.

"이 새끼야! 너 애들 교육을 어떻게 시키는 거야! 도지사가 전화해서 물으면 대답을 해야 할 거 아냐!"

"네?"

비서관은 어이가 없었다.

세상에 어떤 미친놈이 전화가 와서 도지사라고 하는데 곧이곧대로 믿어 주겠는가?

"내 목소리 교육 안 시켜?"

"그게 무슨 말씀이신지?"

"내가 전화하면 바로 알아들을 수 있게 목소리 암기시켜 놔야 할 거 아냐!"

'그건 저기 북한에서 지랄하는 최고 존엄인지 돼지인지도 안 하는 짓거리인데요.'

비서관은 욕이 목구멍까지 나왔지만 차마 말할 수가 없었다. 잘리고 싶지 않았기 때문이다.

그러나 그가 대답하든 말든 정광팔은 잔뜩 화가 난 상태였다.

"이 새끼 누구야!"

그는 다시 전화를 걸어서 소리를 질렀다.

ㅡ네, 법원입니다.

"나 도지사 정광팔인데 아까 전화받은 새끼 누구야?"

ㅡ네?

상대방은 어리둥절한 목소리를 토해 내었다. 그런 식으로 물어보면 누군지 알 수가 없기 때문이다.

"나 도지사라고! 아까 전화받은 놈 누구야. 너냐? 너 관등 성명 좀 대 봐!"

ㅡ제가 받은 건 처음입니다만.

"넌 누군데?"

ㅡ검찰 수사관입니다만.

"관등 성명을 대라고, 이 새끼야!"

상대방은 어이가 없어서 뭐라고 하려다가 일단은 민원 전화라는 생각에 애써 마음을 진정시켰다.

ㅡ유성훈이라고 합니다.

"너 판사야?"

ㅡ누구신데요?

"나 도지사라고! 아까 전화받은 놈 누구야? 나한테 관등 성명도 안 대고 끊은 놈!"

 ─그런 건 모르겠고, 무슨 용건으로 전화하셨습니까?

"내가 도지사라고!"

 ─도지사인지 뭔지는 모르겠지만 여기 법원입니다. 장난 전화하시면 안 됩니다.

 그리고 끊어지는 전화.

"으아! 죽여 버리겠어!"

 길길이 날뛰는 정광팔을 보면서 비서관은 이 사태를 어떻게 해결할지 머리가 지끈거렸다.

⚖️

 ─죄송합니다.

 판사는 바로 전화해서 정광팔에게 고개를 숙였다. 비서관이 개인적으로 전화해서 사정을 설명한 덕분이었다.

"김 판사, 애들 관리 제대로 안 해? 어떻게 도지사 목소리를 몰라?"

 ─바로 처리하겠습니다.

 바로 사과하는 김 판사.

 일반적으로 판사라고 하면 무척이나 높은 사람이라고 느낀다. 하지만 그것도 어느 정도의 직급에 올라갔을 때의 이야기다.

김 판사의 경우는 판사직에 들어온 지 3년 정도박에 되지 않은 사람이다. 아주 높은 직급은 아니니 도지사가 부담스러울 수밖에 없다.

"바로 잘라 버려요."

ㅡ그건 무리고…… 좌천시키겠습니다.

"이건 뭐. 상급자도 못 알아보고, 요즘 공무원들 왜 이리 다들 정신이 없는 건지."

ㅡ바로 교육하겠습니다. 그런데 어쩐 일로 전화를 다…….

"아, 이번에 소방관 문제 때문에 그러는데."

ㅡ소방관요?

"그래요. 이번에 병가 달라고 소송한 새끼들 있지?"

정광팔은 그에게 그걸 무조건 취하시키라고 이야기했다. 그런데 상대방의 목소리가 영 심상치 않았다.

ㅡ그게…… 불가능할 것 같습니다.

"뭐라고? 지금 나 무시하는 겁니까?"

ㅡ그게 아니라…… 위에서 전화가 왔습니다.

"위? 지금 나보다 위가 있다는 거야 뭐야? 김 판사, 지금 장난해요?"

ㅡ당에서 온 겁니다.

"당?"

당이라고 할 만한 곳은 단 한 곳뿐이다. 현재 집권당이며 또한 정광팔이 속해 있는 곳.

그곳 말고는 판사가 이렇게 설설 길 이유가 없다.

"아니, 왜 당에서 전화했다는 거요?"

–그게…… 이번 사건을 통과시키라고…….

정광팔은 자신도 모르게 입을 쩍 벌렸다

⚖️

"재판장님, 이번 사건과 관련해서 의사들의 소견서를 추가로 제출합니다."

"추가로?"

언론에 나가면서 문제가 될까 봐 판사가 바뀌면서 담당 판사가 된 박 판사는 추가로 제출되는 소견서를 보고 깜짝 놀랐다.

"이건 왜 추가로 제출하는 겁니까?"

"정신과 결과라는 게 아무래도 부정확할 수 있으니 소견서를 더 받는 게 좋다고 생각했습니다."

"으음…….."

박 판사는 고개를 끄덕거렸다.

확실히 아직까지 정형화가 부족한 부분이 정신과이니까.

워낙 복잡하고 미묘한 데다가 문화적 영향까지 받아서 확정적으로 말하기 힘든 과목이 바로 정신과였다.

'과연 이걸 어떻게 할까? 후후후.'

물론 노형진도 그걸 안다. 그렇기 때문에 더 부담을 주기 위해 다른 의사에게 받은 진단서를 추가로 제출한 것이다.

　정신과 의사 한 명이 한 것도 아니고 여러 명이, 그것도 두 번에 걸쳐서 검사해서 제출한 소견서를 부정하기는 아무리 그라고 해도 부담스러웠다.

　"보다시피 전혀 다른 의사에게 진단을 받았음에도 불구하고 진단 내역에는 PTSD, 즉 외상 후 스트레스 장애가 심각하다고 나옵니다. 시급한 치료와 더불어 휴식이 필요하다는 진단입니다."

　노형진은 그렇게 말하면서 상대방 변호사를 바라보았다.

　상대방은 역시 곤란한 얼굴이 되어 있었다. 돈 때문에 하기는 하지만 난감한 사건이기 때문이다.

　"이번 소견서는 일방의 주장일 뿐입니다. 일방의 주장에 따라 판결을 내릴 수는 없습니다."

　그는 최대한 방어하려고 하지만 상식적으로 이게 방어될 만한 사건은 아니다.

　"모든 사건은 일방의 주장입니다. 일방의 주장에 따라서 판단하는 게 아니라 상대방의 주장과 이쪽의 주장을 함께 들어 보고 판사님이 판결하는 거죠. 그걸 일방의 주장이라고 하면 안 되죠."

　"그거야……."

　"그리고 재판이라는 것은 법적으로 인정될 수 있는 증거를 가지고 싸우는 것이 당연한 겁니다. 이러한 진단서는 당연히 법적으로 인정받을 수 있는 사항입니다. 더군다나 백 명이 넘는 의사들이 각기 다른 사람을 진단해서 동일한 결과가 나왔는데 그게 어떻게 일방의 주장이라고 할 수 있습니까? 이건 명백한 사실입니다. 사실."

"큭……."

아무런 말도 하지 못하는 상대방 변호사.

노형진은 그를 보면서 피식 웃었다.

'너희가 해 봐야 뻔하지.'

전문가라는 것은 어떤 사건에 있어서 강력한 위력을 가진다. 특히 법률적 논쟁에서 의사들의 진단서는 무척이나 강력한 무기인 경우가 많다.

더군다나 지금 같은 경우에는 의사들이 한두 명이 아닌지라 반박하기 쉽지 않다.

'정치적인 부분도 부담스러울 테고 말이야.'

협회장이 되기 위해 이상철에게는 이번 사건이 절대적으로 필요하다. 이번 사건으로 정식으로 소방관을 자신들이 국비를 받아 가면서 치료할 수 있게 돼야 학회원들에게 이익을 나눠 줄 수 있기 때문이다.

'그리고 장기적으로는 경찰도 포함되지.'

이미 미국에서는 경찰 및 공직자에 대한 정신적 검사를 의무화하고 있다. 그러니 이들도 그 점을 적극 어필할 것이다.

'뭐, 돈이 좀 들겠지만.'

돈이 들고 저들이 권력화하겠지만, 엉뚱하게 인터넷을 통제한다고 난리치는 것보다는 훨씬 나을 것이다. 최소한 소방관과 경찰 그리고 공직자의 정신적 안정은 무척이나 필요한 것이니까.

"재판장님, 이번 사건에 대해 원고들과 정신 건강에 대한 역학 관계는 증명되지 않았습니다."

상대방은 결국 성급하게 마지막 카드를 꺼내 들었다.

'내 그럴 줄 알았다.'

이런 사건의 경우 상대방이 주장하는 것은 인과관계의 부정이다.

실제로 인과관계가 무척이나 높다고 추정되는데도 그게 증명되지 않았다는 이유로 지는 사건도 다수 있다.

가령 특정 회사에서 특정 물질을 썼는데 그게 백혈병을 유발하는 경우, 그 물질이 백혈병을 유발한다는 증명을 하는 것은 쉬운 일이 아니다. 그 실험은 보통 수년이 걸리며 또한 돈도 많이 들기 때문이다.

더군다나 그 물질이 독극물처럼 천천히 반응하는 게 아니라 아주 천천히 반응한다면 그 증명을 하는 게 쉽지 않다.

결국 그 재판은 가능성이 높지만 인과관계가 증명되지 않았다는 이유로 기업 측의 승리로 끝났다.

10년 후 그 물질이 백혈병의 원인이 된다는 사실이 밝혀졌을 때, 그 소송의 당사자들은 모두 죽은 후였다.

'그걸 노리는 거겠지.'

한국에서 소방관의 PTSD에 관하여 조사하거나 연구한 심리학자는 없다. 한국은 치료를 통해서 돈을 버는 데 집중하지, 연구해서 예방하고자 하는 사람이 적기 때문이다.

더군다나 소방관이라는 존재는 아무래도 특수한 직업군에 들어가다 보니 그다지 연구의 대상으로 삼지도 않는다.

"이번 사건에서 원고 측의 주장은 소방관들의 정신적 불안정성이 업무로 관해서 발생한 것이라는 데에 있습니다. 하지만 그것은 입증할 수도 없는 주장일 뿐입니다."

그들은 노형진의 예상대로 증명하기 힘든 인과관계에 대하여 증명하라고 달려든 것이다.

"통계를 봐 주시기 바랍니다. 현재 우리나라 소방관의 60% 이상이 PTSD를 겪고 있다고 되어 있습니다. 거기에다가 그중 30% 이상이 시급하게 치료를 요하는 상황이라고 알려져 있습니다."

"그건 원고 측의 주장일 뿐입니다."

"원고 측의 주장이 아니라 현실입니다. 우리나라의 PTSD 문제는 심각해서, 심지어 보험회사에서조차 가입을 안 받아 줄 정도입니다. 업무의 특성상 벌어지는 일들은 거의 전쟁터에 보내진 병사들과 비슷한 수준의 정신적 스트레스를 주고 있습니다."

"그건 거짓말입니다."

상대방 변호사는 어떻게 해서든 이번 사건을 막으라는 명령을 받았다. 그리고 그건 노형진이 예상하고 있던 일이었다.

그러나 증거가 없으면 아무것도 못 하는 것이 바로 법원이다. 그리고 모든 정신과 의사들이 이쪽 편을 들고 있다. 노형진은 그렇게 생각해서 방심했다.

그러나 그건 실수였다.

"재판장님, 이번 사건에 관해서 정신과 의사이신 강성만 씨를 증인으로 모시고자 합니다."

"정신과 의사?"

"정신과?"

다들 어리둥절한 얼굴이 되었다.

진단서를 제출한 것은 노형진 측이다. 그런데 상대방에서 정신과 의사를 증인으로 내세웠으니 의외였던 것이다.

"어떻게 된 거죠?"

함께 앉아 있던 이창직은 깜짝 놀랐다.

그가 듣기로는 모두 이쪽으로 넘어왔다고 했다. 그러니 새로운 의사가 등장할 줄은 몰랐다.

"어……."

노형진 역시도 생각지 못한 상황에 깜짝 놀랐다.

분명히 이상철이 의사들을 통제할 거라 생각했는데 자신의 말에 정식으로 반대하는 사람이 나올 줄은 몰랐던 것이다.

"증인, 직업이 뭡니까?"

"정신과 의사입니다."

"어디서 병원을 오픈했지요?"

"강남에서 영업 중입니다."

상대방 변호사는 천천히 그에게 질문했다.

"이 진단서가 사실입니까?"

"사실입니다. 한 명도 아니고, 여러 명의 의사들이 거짓말을 할 리 없지요."

그는 진단서에 대해서는 거짓말하지 않았다.

사실 노형진이 로비하지 않았다고 하더라도 진단서가 거짓일 가능성은 없다. 소방관들에게 PTSD가 있는 거야 오래전부터 유명한 사실이니까.

"그런데 뭐가 문제라는 거죠?"

"이 진단서 내부에는 관련된 증거가 없다는 겁니다. 정확하게는, 이 PTSD라는 진단에 나타나는 기본적인 증상인 우울증이나 불면증은 꼭 직업 때문뿐만이 아니라 다른 현상으로도 발생할 수 있는 증상이라는 거죠."

"다른 걸로도 일어날 수 있는 증상이다?"

"그렇습니다. 유전적으로도 발생할 수 있는 것이 바로 이러한 증상입니다."

'큭.'

물론 사실이기는 하다.

불면증, 우울증 등은 인간이 정신을 다치게 되면 가장 먼저 생기는 현상 중 하나다.

"그러니까 여기에 이걸 신청한 소방관들이 원래 병신일 수도 있다 이거군요."

"재판장님! 병신이라니요! 이건 원고에 대한 모독입니다!"

"인정합니다. 피고 측 변호인, 원고에게 병신이라는 말은 쓰지 마세요."

"알겠습니다, 재판장님."

그렇게 말하면서도 그는 씨익 하고 미소를 지었다.

'큭…… 개자식.'

이제 병신이라는 말을 쓰지 않겠지만 이미 병신이라는 말을 썼으니 비슷한 단어를 사용하면 사람들은 병신이라는 어감을 계속 떠올릴 것이다.

'쉽지 않군.'

쉽게 나갈 거라 여겼던 일인데 생각지도 못한 배신자 때문에 일이 틀어지기 시작했다.

"그러면 기존에 장애가 있던 소방관들이 그걸 속이고 취업했을 가능성도 충분하다는 소리군요."

"당연하지요."

"재판장님, 그러기에는 소방관들의 피해가 너무 크지 않습니까!"

노형진은 재빨리 말을 잘랐지만 상대방 변호사는 그 점을 명확하게 짚었다.

"그러니까 그 부분이 업무와 관련이 있다는 증거가 있습니까?"

"특정 업무의 관련 종사자들이 PTSD를 동시에 겪는다는 게 그 명확한 증거입니다."

"아까 증인의 말처럼 우울증이나 자살 등의 증상은 다른 이유로도 많이 발생합니다."

"그러면 그 많은 정신이상자들이 모두 소방 쪽으로 온다는 건가요?"

"그럴 수도 있죠. 그런 사람일수록 좀 더 위험한 일을 추구하는 성향도 있으니까요."

증인인 강성만은 슬쩍 피고 측의 편을 들었다.

"무슨 말도 안 되는……."

"정신이상은 특정 직종을 추구하는 성향이 있을 가능성이 높습니다. 아직 연관성은 알 수 없지만, 조사하면 다 나올 겁니다."

"장난합니까?"

"장난이 아닙니다."

그는 이죽거리면서 말하고 있었고, 노형진은 이를 박박 갈 수밖에 없었다.

⚖

"젠장."

노형진은 이상철에게서 강성만의 존재를 듣고는 자신의 실수를 인정할 수밖에 없었다.

"강성만 그 인간, 현 회장의 오른팔이랍니다."

"오른팔?"

송정한은 그 뒤에 드러난 더러운 면의 이야기에 얼굴이 구겨졌다.

그가 가장 싫어하는 것이 싸움의 중간에 끼는 것이기 때문이다.

"네. 그러니까 이상철이 회장이 되면 권력을 잃어버릴 첫 번째 사람 중 한 명이라는 소리죠."

"그것 때문에 거짓말을 한다고요?"

"인간에게는 공공의 이익보다는 자기 주머니가 더 다급한 법입니다."

이상철이 회장직에 도전한다는 것은 반대로 말하면 누군가는 회장직에서 물러나야 한다는 소리다. 그리고 현 회장은 노형진이 물어다 준 건수로 적극적으로 홍보하는 이상철에게 밀려서 자신의 자리가 위태한 상황.

"그러니 그들의 입장에서는 재판에서 져서 이게 돈이 되지 않는다는 사실을 알려 줘야 유리할 겁니다."

"그게 소방관들에게 어떤 영향을 줄지 알면서도요?"

"그런 거 신경 쓸 리가 있습니까?"

그런 거 신경 썼다면 애초에 한국정신건강학회가 이익집

단으로 변질되지도 않았을 것이다.

어떤 집단이든 어느 순간 이익집단 또는 극단적 집단으로 변질될 가능성은 있는 법이다.

"그리고 일단 선거에서 이긴 후에 자신들이 이걸 진행해도 된다는 생각을 하고 있는 부분도 있겠지요."

"하지만 한번 고정된 판례를 뒤집는 게 쉬운 건 아닐 텐데."

"너무 쉽게 생각하고 있을 수도 있고, 아니면 다음번에 이길 자신이 있다고 생각할 수도 있죠."

물론 재판이라는 게 그렇게 쉬울 리 없다. 하지만 그들의 힘이라면 불가능한 것은 아닐 터.

"일단 돈이 되는 아이디어는 구해 놨으니 문제가 될 건 없다고 생각하는 걸 겁니다."

"이런 게 제일 골치 아픈데."

송정한은 생각지도 못한 문제에 한숨을 쉬었다. 노형진도 자신의 실수를 뼈저리게 느끼고 있었다.

'확실하게 알아보고 끼어들었어야 하는데.'

이상철이 얼마 안 있어 회장이 되는 것을 기억하고 있기는 했지만 압도적으로 된 건지 아니면 아슬아슬하게 된 건지는 알지 못했다.

그런데 상황을 보아하니 상대방의 세력도 그다지 작지 않은 듯한 상황.

이런 상황에서 노형진이 끼어든 것이 어떤 변수를 가져올지 알 수 없다.

'만일 진다면…….'

지게 된다면 자신의 생각과 다르게 이상철이 회장이 되지 못한다. 그렇게 되면 자신들이 여러모로 불리해진다.

물론 현 회장도 돈이 된다는 걸 알았으니 하려고 하겠지만 자신과 연계된 게 아니니 소방관보다는 자신의 이익에 집중할 게 뻔하다.

'그리고 그 시간이 얼마나 걸릴지 모르고.'

1년이 걸릴지 2년이 걸릴지 알 수가 없는 상황.

그러나 소방관들에게는 그걸 기다려 줄 여유가 없다.

"어떻게 해서든 이겨야 합니다. 그러지 못하면 소방관들의 안전이 위험해집니다."

"하지만 어떻게?"

"그거야…….."

과거의 경험을 생각하던 중, 문득 좋은 생각이 났다. 과거에 노형진이 했던 사건 중 하나였다.

"우리도 정신과 의사를 데리고 가야지요."

"그게 쉽겠나? 자네도 알다시피 상대방 의사는 적지 않은 위력을 가진 사람일세."

현 회장의 측근인 증인은 현재 한국 내 정신과 계열에서 상당히 높은 자리에 있는 사람이다. 그런 사람이 정식으로 반대 의견을 말했으니 주변 사람들이 그에 저항하기는 쉽지 않다.

"다른 병원 의사들은 움직이지 않을 걸세."

"그런가요?"

"그래, 그 녀석들이 적극적으로 싸울 리 없지 않은가?"

대부분의 의사들은 이런 경우 중립이라는 미명하에 눈치를 본다. 그리고 나중에 이길 듯한, 또는 이기는 쪽에 붙어버린다. 그게 현실이다.

"이상철 쪽에도 의사가 있지만 상대적으로 그 위력은 낮은 편일세."

"흠……."

현 회장은 기존의 주요 권력자들이 밀어주고 이상철은 신흥 세력이 밀어준다.

이상철이 정치권에 손이 닿아 있다고 하지만 의사로서의 지명도나 위력은 여전히 현 회장이 더 유리한 것이 현실.

"그렇다면 다른 사람을 데리고 오면 되지요."

"다른 사람?"

"네."

노형진은 피식 웃었다.

"세상은 넓고 의사는 많은 법입니다."

노형진이 자신의 계획을 말하지 송정한의 얼굴에 미소가 떠올랐다.

"재판장님, 이 기록을 봐 주시기 바랍니다. 이 기록들은 한국 내에서 발생하는 우울증 및 자살 미수 등에 관한 통계입니다. 이 통계에 따르면 이 중 업무적 피로로 인해 발생하는 경우는 극히 드물다고 되어 있습니다. 대부분의 문제는 개인적인 사정 그리고 유전적 영향이라고 되어 있습니다."

상대방 변호사는 당차게 말하고 있었지만 노형진은 어이가 없었다.

'개소리하고 자빠졌네.'

물론 맞는 말이기는 하다. 하지만 그건 전적으로 틀린 말이기도 하다.

통계의 함정. 상대방 변호사는 그걸 이용하는 것이다.

한국은 우울증이나 기타 정신병적인 문제에 대해 개인적인 문제로 치부한다. 아무리 아프다고 해도 그저 개인적인 문제로 치부해 버리는 것이다.

정신력이 나약하다, 그런 정신머리로는 세상을 못 산다는 식으로 말이다.

결국, 당연히 사람들은 그걸 티를 내지 않는다.

더군다나 회사가 원인으로 되어서 정신적 질병이 발생할 정도면 대부분의 사람들은 이미 회사를 그만둔 상태다.

당연히 문제가 되는 회사를 그만두면 정신적 질병은 나아지니 남는 것은 개인적이거나 가족적인 질병이다. 그 두 개는 벗어날 수 있으니까.

"그런데 원고의 주장에 따르면 소방관의 70% 이상이 정신적 질병을 가지고 있다는 것인데, 세상천지에 그런 직업이 어디 있습니까?"

'소방관뿐이겠냐.'

아마도 안 해서 그렇지 한국에서 직원들에 대해 정신감정을 한다면 한국 사람 중 최소 50%는 정신적 질병이 있을 것이고 그중 30%는 한계에 몰린 상황일 것이다.

"재판장님, 공기가 안 보인다고 해서 존재하지 않는 것은 아닙니다. 피고 측 변호인은 절묘하게 통계학의 함정을 이용해서 설명하고 있지만 정작 소방관에 대한 수치는 공개하지 않고 있습니다."

"당연하지요. 소방관에 대한 수치는 없으니까요."

"우리가 제출한 통계가 있지 않습니까?"

"원고가 제출한 통계가 무슨 소용이 있습니까? 원하는 사람들 또는 유리한 사람들만 조사한 정신 건강 감정 프로그램인데."

"뭐요?"

"그리고 그걸 조사한 의사들 역시 그다지 유명한 의사들은 아닙니다. 대부분 아직 이름도 없는 작은 의원을 운영하는 사람들입니다. 어떻게 그런 사람들의 지식수준을 의과대학에서 강의를 하는 증인과 비교할 수 있겠습니까?"

"재판장님, 그건 말도 안 됩니다. 이건 의사가 판단하는 게 아니라 정식으로 체계화되어서 배포된 검사지를 가지고 검사한 것입니다. 대학이 아니라 다른 곳에서도 동일하게 나올 수밖에 없습니다."

"그건 말도 안 되죠. 실력 차이라는 게 있으니까요. 솔직히 정신병이라는 게 정신적으로 나약한 인간들이 걸리는 거 아닙니까?"

'미친놈.'

한국 저변에 퍼져 있는 일반적인 편견을 주장하며 방어하는 상대방 변호사.

그런 식으로 보면 멀쩡하지 않은 사람이 없다. 누구도 자신이 약하다고 인정하지 않을 테니까.

'그렇게 나온다 이거지.'

노형진은 뻔뻔하게 나오는 그를 보면서 이를 악물었다.

저 녀석은 증인의 사회적인 힘을 믿고 저러고 있는 것이다. 힘을 가진 사람이 증인으로 나선 이상 다른 사람들은 아무런 말도 하지 않을 테니까.

'하지만 그건 우물 안 개구리 같은 소리지.'

물론 한국 사람이라면 나서지 않을 것이다. 그래서 노형진은 다른 사람을 증인으로 데려온 것이다.

"재판장님, 저는 이번 사건에서 반대되는 주장을 하기 위해 새로운 증인을 신청하는 바입니다."

"인정합니다."

미리 사전에 언질을 들은 판사는 순순히 고개를 끄덕거렸다.

잠시 후 증인석에서는 한 남자가 선서를 하면서 자리에 앉았다.

"뭐지?"

"외국인?"

보고 있던 사람들은 고개를 갸웃했다. 난데없이 증인으로 반백의 머리를 가진 외국인이 나타난 것이다.

"증인, 증인의 이름은 뭡니까?"

노형진은 그런 사람들의 시선을 무시하면서 앞으로 나가 질문을 던졌다.

"로빈 코스트입니다."

그는 영어로 대답했고 옆에 있는 통역사는 그 말을 통역해서 이야기해 줬다.

그런데 관람석에 앉아 있던 기존 증인인 강성만의 얼굴이 그의 이름을 듣자마자 갑자기 급속도로 불편해지기 시작했다.

"직업은 뭡니까?"

"정신과 의사입니다."

"정신과 의사?"

"아무리 그래도 외국에서 사람을 데리고 온 거야?"

"한국인도 아닌데 외국인을 누가 믿어 줘?"

사람들은 피식거리면서 웃었다. 외국인을 믿어 줄 사람은 없다고 생각했기 때문이다.

대부분의 사람들은 자국 내 사람이 아니면 그 실력을 인정하지 않는 경우가 많다.

'내가 그걸 모를 것 같냐?'

노형진은 역시 그걸 알고 있었다.

하지만 다른 것도 알고 있다. 한국 사람들은 유독 권위에 약하다는 것.

"증인은 해외에서 받은 상이 있지요? 그 상이 뭡니까?"

"프로이드 상을 받았습니다."

"프로이드 상이 뭡니까?"

"정신과 의사들에게 주어지는 상입니다. 아주 중요하거나 공헌적인 연구를 한 사람들에게 주어집니다."

노형진은 그 말까지 들은 후 몸을 돌려서 증인들과 재판관 그리고 사람들에게 뭔가를 보여 줬다.

"이게 프로이드 상의 상장입니다. 그리고 프로이드 상은 정신과 관련해서는 노벨상급이라고 할 정도로 공신력이 있는 상입니다. 전 세계에서 단 한 명만 받으며, 등수를 나누지도 않습니다. 일반적으로 프로이드 상을 받은 사람들의 연구 기간은 최소 8년, 길게는 20년 넘게 걸리며, 정신과 치료에 선구적 역할을 하는 사람들에게만 주어집니다."

노형진의 설명이 길어질수록 강성만의 얼굴이 어두워졌다.

그럴 수밖에 없는 게, 그도 정신과 의사인 이상 프로이드 상에 대해 알지 못할 리 없기 때문이다.

더군다나 다른 문제까지 있었다.

"그러면 증인은 프로이드 상을 어떤 연구를 통해서 받았습니까?"

"소방관들의 정신 질환과 업무에 관련되어서 받았습니다."

"그걸 조사하는 데 얼마나 걸렸죠?"

"대략 25년 걸렸습니다."

"그렇군요. 그러면 누구보다 그것에 대해 확실하게 알고 있겠네요."

"그렇지요."

코스트는 고개를 끄덕거리면서 인정했다.

그는 쉽게 확신하는 사람은 아니지만, 소방관의 정신 건강에 대해서는 누구보다 뛰어나다고 자부하는 사람이었다.

"재판장님, 미국과 한국의 소방관의 체계는 완전히 다릅니다."

변호사는 다급하게 변론을 막으려고 했다. 공신력에서 밀리기 시작한다는 다급함 때문이었다.

"제가 연구한 것은 미국뿐만이 아닙니다. 그리고 전 미국 국적자가 아닙니다."

"에?"

"전 캐나다인이고, 미국 역시 연구 대상 중 한 국가일 뿐입니다."

변호사는 입이 턱 막혔다. 상대방 증인에 대해 아는 것이 전혀 없으니 방어를 어떻게 해야 할지 감이 안 잡혔기 때문이다.

"그러면 증인은 얼마 전 다른 증인이 한 증언 기록을 보셨나요?"

"당연히 봤습니다. 그 증언에 대한 반박을 하러 온 것이니까요."

"반박이라 하시면?"

"솔직히 이런 식의 해석과 진단이 왜 나왔는지 모르겠습니다. 의학박사라면, 아니 최소한 제대로 된 레지던트만 되어도 이런 터무니없는 진단은 내리지 않았을 것입니다."

"터무니없다?"

"그렇습니다. 지난 증인의 증언은 상식적으로 이해가 안 됩니다. 우울증과 자살 충동이 다른 질병으로 인해 발생할 가능성이 높기 때문에 당연히 다른 질병에 의해서 발생했을 것이라니요. 도대체 그러면 정신분석은 왜 하는 건지 모르겠습니다."

그가 하는 말에 다들 어리둥절한 얼굴이 되었다.

"특히 발화성 트라우마에 대해 이렇게 분석하는 사람이 어디 있습니까?"

그가 따지는 부분은 다름 아닌 발화성 트라우마에 관한 것이었다. 그 이론은 상대방 증인이 소방관의 정신병이 다른 질병으로 인해 발생했다고 주장하는 데 동원한 이론의 핵심이었다.

"이 이론에 문제가 있다고요?"

노형진이 모른 척 묻자 코스트는 고개를 끄덕거렸다.

그가 그렇게 긴 시간 동안 소방관에 대해 연구한 것은 소방관들에게 도움을 주기 위해서지, 이렇게 자기 마음대로 곡해라고 만든 게 아니었다.

"제가 이 이론을 만들 때 이런 식으로 해석하라고 하지 않았습니다. 도리어 방법론적인 방향에서 이런 식으로의 해석은 절대로 해서는 안 된다고 교과서에 써 놓기까지 했습니다."

"그러니까 이 이론을 만든 게 바로 코스트 교수님이라는 말이죠?"

"네."

"그런데 정작 이 이론은 제대로 해석된 것도 아니고?"

"그렇습니다."

코스트가 가장 중심이 되는 이론에 대해 설명하기 시작했고, 사람들은 그 말을 들으면서 기존에 다른 증인이 했던 해석법이 변칙적이고 괴상한 것이라는 것을 알아차렸다.

기존의 판단 방법이 정석이라면, 다른 증인이 한 해석은 피시방에서 게임할 때 전원을 내리면 다들 화를 내니까 게임은 사람을 폭력적으로 만든다는 것만큼이나 허무맹랑한 소리였던 것이다.

"이런 식으로 해석하게 되면 모든 정신 질병이 유전적, 또는 개인적인 문제로 귀결됩니다. 하지만 정신적 스트레스 수치나 위험성 그리고 죽음을 목도하는 현상 등등, 그 모든 걸빼고 어떻게 업무를 판단합니까?"

"그러면 기존의 증언은 의미가 없다?"

"네."

노형진은 고개를 돌려서 증인석에 있는 전 증인을 바라보았다.

"그러면 잠시 내려가 주십시오. 재판장님, 사실을 확인할게 있어서 피고 측 증인인 강성만을 증인으로 요청하는 바입니다."

"인정합니다. 강성만 씨, 증언대 앞으로 나오세요."

강성만은 똥 씹은 얼굴로 앞으로 나왔다. 설마 노형진이 다른 사람도 아닌 코스트를 데리고 올 거라고는 생각하지 못했던 것이다.

"증인, 지난번에 말했던 이론을 철회할 생각이 없습니까?"

"없습니다."

"어째서죠?"

"정신의 세계는 무척이나 넓고 심오합니다. 단순히 수치화할 수 있는 게 아닙니다. 저는 한국인이고, 한국의 문화를 기본으로 하여 판단한 것뿐입니다."

"하지만 코스트 씨는 한국인 역시 연구 자료로 넣었다고 하셨습니다만?"

"연구 자료로 조금 넣는 것과 한평생 한국에서 소방관에 관하여 연구한 것과는 명백하게 다릅니다."

"그렇습니까?"

노형진은 마치 물러나는 듯 고개를 끄덕거리면서 그를 바라보았다.

하지만 그의 눈빛에 서린 것은 당혹감이 아니라 분노였다.

'반성이라는 걸 안 하는군.'

이미 모든 준비는 끝났다. 그런데 그만 모르고 있는 상황일 뿐.

그래서 마지막으로 살 수 있는 기회를 줬는데 그는 그걸 뻥 차 버린 것이다.

"좋습니다. 수십 년간 한국에서 소방관에 대해 연구하셨다고요?"

"네."

"그러면 증인의 논문 제목을 확인해 볼까요?"

"논문?"

갑자기 튀어나온 논문이라는 말에 그는 당황했다.

그럴 수밖에 없는 것이, 논문이라는 것은 말 그대로 한 학자가 연구한 가장 확실한 증거이기 때문이다.

"피고의 논문을 보면 한국 고부 갈등 문화에 대한 분석이나 시부모 봉양에 대한 문제 그리고 결혼 시 양측 부모의 분쟁에 관한 문제 등등, 주로 고부 갈등과 집안의 정신 연구가 주요 내용입니다. 그렇지 않습니까?"

"그거야…… 주요라는 건 그게 주력이라는 거지 다른 걸 안 한다는 건 아니고…… 내용을 보면 소방관에 관련된…….."

"그래서 검색 기능으로 찾아봤습니다. 증인이 낸 논문에서 소방관이라는 단어는 단 세 번 나옵니다. 모든 논문 중에서 말입니다. 그중 두 번은 소방관에게 구출된 피해자에 대한 분석이고, 나머지 한 번은 고부 갈등 문제에 있어서 남편이 소방관인 경우입니다. 소방관의 정신분석에 관해서는 특별히 조사한 게 없더군요."

"끄응……."

설마 그런 방식을 쓸 거라고는 생각하지 못했기 때문에 강성만은 입을 다물 수밖에 없었다.

"그래서 증인의 저서를 찾아봤습니다. 확실히 저서에는 소방관에 대해 언급되어 있고 한 개 정도의 챕터가 들어가 있더군요."

"보십시오! 증인은 명백하게 소방관에 대해 연구를 한 겁니다!"

피고 측 변호사는 자신 있게 외쳤지만 정작 증인인 강성만은 아무 말 하지 못했다.

그리고 그 이유는 금방 드러났다.

"그래서 그 책을 확인해 봤습니다. 그랬더니 그 챕터 부분의 내용이 대부분 《소방관의 정신분석학》이라는 책과 《영웅주의의 문제점》 그리고 《소방관의 정신적 문제》라는 세 권의 책을 참고한 것이더군요. 안 그런가요?"

"……."

강성만은 말하지 못했다. 그저 침묵만 지켰다.

판사는 그런 강성만을 보다가 다그치기 시작했다.

"증인, 증언하세요. 장난하라고 거기에 올려 보낸 거 아닙니다. 증언하지 않으면 위증죄를 적용하겠습니다."

"……."

그럼에도 불구하고 말하지 않는 강성만.

그제야 상대방 변호사는 일이 잘못되고 있다는 사실을 알아차리고는 증언을 막으려고 했다.

"재판장님, 이건 사건과 아무런 관련이 없습니다. 사생활입니다."

"교육용으로 책을 제작하면 그건 공적인 영역입니다. 안 그렇습니까, 재판장님?"

재판장은 고개를 끄덕거리면서 노형진의 편을 들어 줬다.

"맞습니다. 증인, 빨리 증언하세요."

"네…… 그 세 권을 참조해서 만들었습니다."

듣고 있던 사람들은 고개를 갸웃했다.

교수나 저작권자가 뭔가를 만들 때 어떤 책을 참조하는 것은 흔하게 벌어지는 일이기 때문이다. 당연히 그게 문제가 될 리 없다.

"재판장님, 여기 그 책들을 제가 구해 가지고 왔습니다. 원서로 되어 있기 때문에 내용을 정확하게 축약해서 알려 드릴 수는 없습니다. 애초에 정신과적인 교과서의 원서를 축약해서 알려 드릴 만큼 간단한 내용도 아니고요."

"그럼 왜?"

사람들은 그 책이 이번 사건과 관련해서 무슨 의미가 있나 했다.

하지만 노형진이 그 책의 가장 전면 안쪽을 열자 관련성이 바로 드러났다.

"여기 있는 사진 속 얼굴. 누구와 너무 닮지 않았습니까?"

"아!"

"그렇습니다. 이 세 권 모두 원고 측의 증인인 로빈 코스트 씨의 저서입니다. 교수가 다른 외국의 서적을 참조해서 만든 건데 그 내용이 정반대라면 둘 중 하나 아닙니까? 이게 무슨 소리인지 이해할 실력조차 되지 않거나 영어가 짧아서 원서를 읽지 못하는 반쪽짜리 정신과 의사라는 거죠."

"……"

한국은 의학의 발달이 무척이나 더딘 편이다. 그래서 대부분의 책들을 해외에서 들어온다. 당연히 원서로 된 경우가 많다.

그래서 의사들은 영어 실력이 부족하면 공부 자체가 불가능하다.

"……."

제대로 창피를 당하는 강성만.

그러나 그가 당할 창피는 그게 전부가 아니었다.

"재판장님, 여기 다른 증거를 제출합니다."

"다른 증거?"

"증인이 학교에서 교육했던 당시의 강의 기록입니다. 그 안에는 어떤 내용을 어떤 식으로 교육했는지 다 들어가 있습니다."

"……."

"그런데 이 기록에 따르면 증인 강성만은 이 책을 가지고 강의했다고 되어 있습니다. 또한 그 강의 내용은 여기서 증언한 것과는 정반대로 되어 있습니다. 해당 녹화 자료를 증거로 제출하는 바입니다."

"그걸 어떻게……."

녹화 자료라는 말에 강성만의 얼굴이 사색이 되었다.

일단 강의계획서 같은 건 학교에 내야 하니 그렇다고 쳐도 녹화 자료가 있다는 사실은 전혀 몰랐던 것이다.

"피고의 강의는 어렵다고 소문이 났더군요."

노형진은 피식 웃으면서 말했다.

강의가 어렵다 보니 한 번에 이해할 수가 없어 학생들 중

몇 명이 다시 보기 위해 작은 카메라나 캠으로 강의를 녹화한 것이다.

'이거 구하느라고 내가 얼마나 고생을 했는지.'

노형진 역시 학교 다닐 때 그렇게 공부하는 학생을 본 적이 있었기 때문에 그걸 찾기 위해 기존에 있던 사람들과 현재 재학생들 모두에게 일일이 연락해 가면서 물어봤다.

'내가 이 책으로 강의할 줄 알았지.'

교수가 자기가 낸 책이 있는데 다른 사람의 책으로 강의할리 없다. 노형진은 그 점을 노리고 그의 강의 기록을 수색한 것이다.

"증인, 도대체 왜 기존의 강의와 다른 내용으로 거짓 증언을 한 겁니까?"

"……."

"증인, 대답하세요. 그러지 않으면 위증죄로 처벌하겠습니다."

판사는 날카롭게 강성만을 몰아붙였다. 하지만 강성만은 대답하지 못하고 쩔쩔맬 뿐이었다.

'그렇지……. 대답할 수가 없지.'

어떤 대답을 하든 그는 위증죄를 피할 수 없다. 그리고 어떤 대답을 하든 자신의 파벌이 불리해지는 것을 막을 수가 없다.

파벌의 승리를 위해 위증한 게 드러났는데 누가 믿고 지원해 주겠는가?

"증인, 대답 못 합니까? 마지막 경고입니다."

"……."

결국 강성만은 최후의 경고에까지 아무런 말도 하지 못했고, 판사는 그런 강성만의 행동에 화가 머리끝까지 났다.

"증인 강성만을 위증죄로 체포하세요. 그리고 피고 강성만의 모든 증언은 증거능력이 상실되었음을 고지합니다."

노형진은 씩 웃으면서 피고 측 변호사 얼굴을 보았다.

그는 똥 씹은 얼굴이 될 수밖에 없었다.

이것이 법이다

꿈틀하는 지렁이

"나이스!"

판사는 상식적으로 판단해 줬다. 업무로 인한 정신적 피해를 인정해서 병가를 인정하도록 한 것이다.

당연히 엄청난 수의 소방관들이 병가를 신청했다.

지자체에서는 사람이 필요하다고 비명을 질러 대기는 했지만 당장 소방관들이 죽을지도 모른다는 진단서를 앞에 놓고 인원 부족을 주장할 수는 없었다.

"정광팔이 사람들 자르라고 성화라면서?"

"그렇겠지요. 억울해 죽을 맛일 겁니다."

정광팔은 병신이 된 녀석들은 필요 없다면서 게거품을 물었다고 한다.

하지만 소방관은 어찌 되었건 공무원이고, 또한 법의 보호를 받는 사람들이다. 아무리 정광팔이 막나가는 인간이라고 할지라도 특별한 이유도 없이 자를 수는 없다.

'더군다나 내가 구경만 할 것도 아니고.'

만일 아무런 이유도 없이 자른다면 그건 부당 해고에 해당하고 노형진은 당연히 복직 소송을 할 것이다.

그도 그걸 아는 건지 해고한다고 길길이 날뛰었다는 소식은 들렸어도 진짜 자르지는 못한 모양이었다.

하긴, 한두 명도 아닌 소방관들을 자르면 그 분위기가 어떻게 될지는 뻔하니까.

"일단 정신적으로 괴롭히던 행위는 잠시 멈춘 것 같네."

노형진은 휴가를 간 사람들의 명단을 보면서 말했다.

옆에서 손채림이 걱정스러운 얼굴로 노형진을 바라보았다. 반만 해결되었기 때문이다.

"그래도 장비 문제는 해결이 안 된 상황이잖아?"

"그렇기는 하지."

정신적으로 괴롭히지 못한다고 하지만 그건 어디까지나 정신적인 부분이다. 장비가 뒷받침되지 않는다면 자살을 하지 않아도 사고로 죽는 게 바로 소방 업무다.

"그러니까 이제 그걸 해결해야지."

"그건 전적으로 도지사의 권한 아니야?"

병가 문제야 법적으로 허락된 권리에 관련된 문제다 보니 어떻게 해서든 쉽게 만들어 줄 수 있지만, 예산을 집행하는 것은 다름 아닌 도지사의 권한이다. 그리고 정광팔은 예산을 집행하지 못하게 방해하고 있는 상황.

"이것도 방법이 있어."

"방법?"

"그래. 이건 기본적으로 준법투쟁이니까."

이번 싸움은 철저하게 법적으로 싸워야 한다. 그러지 않으면, 재수 없으면 이쪽이 국민들을 인질 삼아 싸운다는 소리를 들을 수 있다.

물론 국민들의 목숨을 인질 삼은 것은 정광팔이다. 하지만 그가 힘을 가진 이상 뭐든 조심하는 것만이 최선일 수밖에 없다.

"하지만 돈을 안 주면 어떻게 할 건데?"

"어떻게 하긴. 일단 쇼를 좀 해야지."

"쇼?"

"응. 내가 봐 둔 자리가 좀 있어."

"자리라니?"

"방법이 있거든."

노형진은 손채림에게 자신의 계획을 말해 줬다.

철저하게 비밀리에 해야 하는 작전이기는 하지만 그렇다고 해서 모든 걸 비밀로 하면 움직이는 데 한계가 있기 마련이다.

그 작전을 들은 손채림은 어이가 없다는 표정이 되었다.

"그거 완전 사기 아냐?"

"움…… 엄밀하게 말하면? 사기가 맞을지도?"

"넌 변호사잖아?"

"그렇지."

"그런데 사기를 쳐?"

"난 최소한 사람 목숨을 가지고 장난치지는 않거든!"

"……."

노형진의 계획에 손채림은 어이가 없기는 했지만 그것 말고는 방법이 없어 보이기도 했다.

"어차피 손해 보는 건 없으니까."

그렇게 마지막 작전을 실행할 준비가 되기 시작했다.

⚖

"차량을 파괴해야 한다고요? 그건 테러 아닙니까?"

이창직은 대번에 불편한 얼굴이 되었다. 노형진이 요구하는 것은 위험한 행동이었기 때문이다.

"물론 진짜 파괴하라는 게 아닙니다. 그렇게 보이게 만들라는 거지요."

"그렇게 보이게 만들라고요?"

"네."

예산에 관해서는 칼자루가 정광팔에게 있다. 그 부분은 노형진이 건드릴 수 없다.

'그렇다면 그 부분을 외부로 끌어낸다.'

노형진의 계획은 그것이었다.

"차량에 문제가 생기면 정광팔은 어떻게 해서든 징계를 내리려고 할 겁니다. 해직시키지는 못하겠지만 최소한 정직이나 감봉 정도는 하려고 하겠지요."

"끄응…….."

안 그래도 사람들이 휴직해서 부족한 상황에 그렇게 감봉이나 정직을 당하게 되면 소방관은 버틸 수가 없게 된다. 당연히 그만두게 될 것이다.

"하지만 그건 정광팔이 원하는 거 아닙니까?"

"그렇습니다. 그가 원하는 거죠."

"그런데 왜요?"

"미끼를 놓는 겁니다."

"미끼를?"

"네, 법적으로 징계는 그의 소관이 아닙니다. 물론 그가 징계하도록 발의할 수는 있습니다. 하지만 징계 절차상에는 그 징계 대상자의 의견을 듣는 과정이 있지요. 그리고 징계에 불복할 경우 소송으로 갈 수가 있지요."

"소송?"

고개를 갸웃하는 이창직.

그러자 옆에 있던 손채림은 이창직이 이해하기 쉽게 설명해 줬다.

"그러니까 그렇게 되면 정광팔의 소관이 아니게 된다는 뜻이에요. 지난번 병가에 대한 소송처럼요."

"아!"

이창직은 바로 알아들었다.

병가에 대한 소송은 분명히 소송이었고, 그래서 법원의 영향력 안으로 들어갔다.

"정광팔은 한 방 먹일 수 있는 방법을 찾으려고 하고 있으니 바로 징계에 들어갈 겁니다. 그리고 그렇게 징계에 들어가면, 우리는 그 이유를 예산을 집행해 주지 않은 사람에게 뒤집어씌울 수 있지요."

"하지만……."

이창직은 고민했다.

사실 소방용품이 고장 나게 하는 것은 어려운 일이 아니다. 지원이 거의 없기 때문에 조금만 관리를 느슨하게 해도 고장이 나는 것이 소방용품이다.

"하지만 그렇게 되면 국민들이 피해를 입을 텐데요."

그가 걱정하는 것은 그것이었다.

가령 소방차가 고장이 나면 불을 끄러 가지 못한다. 불을 끄러 가지 못하면 누군가는 전 재산을 잃어버릴 수도 있고, 또 다른 누군가는 생명을 잃어버릴 수도 있다.

"그 부분은 걱정하지 마세요."

"네?"

"진짜 고장 내라는 것이 아니니까요."

"진짜 고장 내라는 게 아니다?"

"서류상의 핑계를 만들면 됩니다. 가짜 출동 건수를 만들라는 거죠."

"아!"

노형진의 계획은 간단했다.

진짜 사람들이 다칠 수 있으니 진짜로 파괴 행위를 하라는 건 아니다. 그 대신에 다른 곳에서 가짜 출동을 요청하면 된다.

소방차는 관할구역에 따라 배치되어 있고, 그 지역에서 출동 명령이 떨어지면 그 지역의 소방서에서 출동한다.

"가짜 신고에 대해서는 고장이 났다고 출동을 거부하는 겁니다. 물론 진짜 출동에 대해서는 당연히 나가야지요. 하지만 정광팔에게 중요한 것은 바로 고장이 났다는 기록입니다."

"그렇겠군요."

모든 공무원은 서류를 기반으로 일한다. 보고서에 고장이 났다고 표기되면 정광팔은 그걸 핑계 삼아서 징계 절차를 밟을 것이다.

"무슨 뜻인지 알겠습니다. 그런데 적당한 곳이 있습니까?"

노형진은 씩 웃었다.

"제게 남는 게 뭔지 아십니까?"

"뭔데요?"

"돈입니다."

"그 말이 사실이야?"

"네."

정광팔의 얼굴에 화색이 돌았다.

안 그래도 한 방 먹어서 속이 부글부글 끓고 있었는데 드디어 실책을 한 것이다. 차량의 정비 불량으로 출동을 못 한 것이다.

그리고 상대방은 그로 인해 피해를 입었다면서 길길이 날뛰고 있는 상황.

당장 손해배상을 청구하겠노라고 내용증명까지 왔다.

"그로 인해 붙어 있던 네 채의 집이 전소되었답니다."

"으흐흐흐…… 하늘이 나를 도와주는구먼."

정광팔의 얼굴에 미소가 가득해졌다.

더군다나 그 소방서는 자신을 압류했던 사건의 주범인 이창직이 있는 곳이다.

"당장 그 녀석들에 대한 징계 절차에 들어가."

"네? 징계요? 하지만 그 사람들의 잘못은 아니잖습니까?"

징계에 들어가라는 말에 비서관은 순간 말하고는 아차 싶었다. 자신을 무섭게 노려보는 정광팔의 시선인 느껴졌기 때문이다.

"지금 뭐라고 했나?"

"아…… 아닙니다. 바로 징계에 들어가겠습니다."

그는 그렇게 말하면서 서둘러서 그곳을 나왔다.

혼자 남은 정광팔은 승리의 미소를 지으면서 창문 밖을 바라보았다.

"흐흐흐, 나한테 덤벼? 감히 말이야. 버러지 주제에 이 나한테 덤빈단 말이지? 흐흐흐."

복수를 할 수 있다는 생각에 그는 너무나 단순하게 움직이고 있었다.

⚖

"미친……."

손채림은 노형진을 보면서 어이가 없었다.

"내가 왜?"

"세상에 음모를 짠다고 집 네 채를 홀라당 태워 버리는 사람이 어디 있어?"

"하하하."

소방관들은 그저 작은 불로 할 거라 생각했다. 일단 출동 기록에 고장 사고라고만 표기하면 되니까.

하지만 노형진은 다른 목적이 있었기 때문에 아예 집 네 채를 홀라당 태워 버렸다.

"괜찮아. 어차피 네 채 다 철거할 건물이거든."

"뭐?"

"네 채 다 오래되어서 더 이상 쓸 수 없는 건물이야."

노형진에게 넘치도록 있는 것. 그건 다름 아닌 돈이다. 그는 재건축을 해야 하는 집을 골라서 고의적으로 화재를 낸 것이다.

워낙 오래된 집이라 합선과 같은 사고가 나기 쉬운 곳이니까 누구도 의심하지 않게 화재가 나게 하는 것은 어려운 게 아니었다.

"네가 그걸 어떻게 알아, 철거할지 안 할지?"

"당연히 알지, 내 건데."

"뭐?"

손채림은 순간 귀를 의심했다.

화재로 인해 불타 버린 건물이 자신의 것이라는 노형진의 말에 어이가 없었기 때문이다.

"그러니까 그 네 채가 다 네 거라고?"

"응, 그거 다 사느라고 고생 좀 했지만 말이야. 세 채는 비었는데 하나는 안 비어 있었거든."

노형진의 말에 손채림은 어이가 없어서 떨리는 목소리로 물었다.

"설마…… 이번 일을 위해 그걸 산 거야?"

"그건 아니야."

"그건 아니야?"

"그래. 나도 내 집을 지으려고 사 둔 거야. 이렇게 될 줄은 몰랐지만."

"네 채를?"

"한꺼번에 밀어 버릴 생각이었거든."

"헐."

네 채를 밀어 버리면 못해도 200평은 나온다. 일반적으로 서울에서는 어마어마하게 큰 규모다.

"거기는 무슨 부자 동네도 아닌데 그렇게 지으려는 이유가 뭐야?"

"비밀."

노형진은 씩 웃었다. 계획은 아직 실행 중일 뿐이기 때문이다.

"어찌 되었건 어차피 밀어 버릴 공간이었으니까 화재가 난다고 해도 아까울 건 없지."

"어쩐지……."

그렇게 큰 불이 났다.

네 채가 전소되었는데 주변의 다른 집들은 피해가 없다고 한다. 위치상 주변의 다른 집들과는 거리가 있었기 때문이다.

"그러니까 그 부분은 걱정하지 않아도 돼."

"어련하시겠어. 그래, 돈 많아서 좋겠다. 쳇."

"하하하."

툴툴거리는 손채림을 보면서 노형진은 웃을 수밖에 없었다.

"그리고 확실하게 의심을 피하기 위해서는 전소라는 단어를 남겨 주는 게 좋아. 사람은 피해가 클수록 의심을 안 하기 마련이거든."

그리고 정광팔은 네 채나 전소되었다는 말에 전혀 의심하지 않고 있었다.

"그러니까……."

노형진이 설명하려는 찰나 그의 핸드폰이 울렸다.

노형진은 핸드폰을 집어 들어 이름을 확인하고는 전화를 받았다.

"노형진입니다."

그리고 잠시 듣고 있다가 얼굴에 씨익 하고 미소를 떠올렸다.

"그래요? 그러면 이제부터 시작해야겠군요, 후후후."

드디어 물고기가 떡밥을 물었다는 소식이었다.

⚖

"이게 무슨……."

박신창 대리는 머리에서 진땀이 주르륵 흘렀다.

자신에게 날아온 업무상 배임에 관련된 고발장. 그리고 출

두하라는 명령서.

"이게…….."

그는 황급하게 그걸 가지고 상사에게 달려갔다.

"김 과장님! 이것 좀 봐 주십시오!"

"뭔데?"

"저한테 이런 게 왔습니다."

"아, 귀찮은데……."

김 과장은 무심결에 받아서 게슴츠레한 눈빛으로 읽기 시작했다.

"이게 뭔데?"

"소방관들이 절 고발했답니다."

"왜?"

마치 모른다는 듯한 얼굴로 이야기하는 김 과장.

하지만 고발의 대상이 된 박신창은 어이가 없었다.

"김 과장님이 시킨 거 아닙니까! 소방 관련 예산 집행하지 말라면서요? 그래서 그렇게 했는데 그 때문에 형사 고발이 들어왔단 말입니다!"

"내가 뭘?"

"아니, 김 과장님이 저보고 소방관에 대한 모든 예산은 집행을 정지시키라면서요!"

"아니, 내가 언제? 누가 그런 소리를 했어?"

"허?"

김 과장은 다급하게 박신창 대리의 입을 막았다.

"읍읍."

"사람이 말을 조심해야지!"

"프하! 지금 말을 조심할 상황입니까, 네? 제가 고발당했다고요! 고발!"

노형진의 예상대로 정광팔은 소방관들을 징계하기 위한 절차에 들어갔다. 사유는 소방차 관리를 제대로 하지 못했다는 것.

물론 소방관들은 그에 대항하여 이의신청을 내면서 동시에 소송을 했다. 공론화가 된 이상 더 이상 기다릴 이유가 없기 때문이다.

"난 모르는 일이야. 그러니까 일을 제대로 했어야지."

"과장님!"

"거참, 요즘 애들은 진짜 게으르다니까."

"진짜 이럴 겁니까?"

"난 접대 골프 치러 다녀와야 하니 잘 해결하기 비네."

슬쩍 자리를 떠나는 과장.

그 뒤에 남은 박신창은 어이가 없다는 얼굴로 떠나는 그의 뒤통수를 볼 수밖에 없었다.

⚖️

"젠장."

박신창은 소주를 들이켜면서 한숨을 쉬었다.

"씨발 새끼들."

일이 커지려는 듯 보이자 주변에서는 그를 철저하게 모른 척하기 시작했다.

그에게 일을 시킨 녀석들뿐만 아니라 그의 동료들도 모른 척했다. 혹시나 불똥이 튈까 두려웠던 것이다.

"꿀꺽꿀꺽, 캬!"

한 번에 소주를 털어 낸 그는 다시 소주잔을 채우고는 마시려고 했다. 그때 그런 그의 손을 잡는 사람이 있었다.

"누구?"

"노형진이라고 합니다."

"노형진?"

"소방관 측 변호사입니다."

얼굴이 와락 일그러지는 박신창.

소방관 측이라고 하면 자신에게 좋은 목적으로 온 게 아닐 테니까.

"원하는 게 뭡니까?"

"당신의 억울함을 풀어 주려고 온 거지요."

"뭐요?"

"당신이 예산 정지시킨 건 당신이 원해서 한 게 아니잖습니까?"

"……."

박신창은 아무런 말도 하지 못했다. 그게 사실이기 때문이다.

그리고 상대방이 그걸 예상하는 것쯤이야 어려운 게 아닐 거라 생각했다. 그러니 자신에게 고발이 들어왔지.

"솔직히 이야기하죠. 우리 쪽도 피해자고 당신도 피해자입니다. 당신, 이 일을 혼자 이겨 낼 수 있습니까?"

노형진은 노골적으로 공격하기 시작했다. 그러자 박신창은 아무런 말도 못 하고 침묵을 지킬 수밖에 없었다.

그가 고의적으로 예산의 집행을 정지시킨 건 사실이고 그걸 증명할 서류는 많다. 지난 몇 달간 월급을 제외한 나머지 돈은 집행이 안 되었으니까. 그리고 언제나 그렇듯 문제가 되면 그 책임은 자신이 뒤집어쓰고 해직당할 것이다.

'젠장.'

공무원이 되었다고 좋아하시던 부모님과 집에서 자신을 기다리는 아내와 가족을 생각하니 박신창은 억울해서 속이 터질 것 같았다.

"원하는 게 뭡니까?"

"증언입니다."

"증언?"

"네. 당신이 위에서 압력을 받고 있다는 증명만 한다면, 당신이 징계를 받을 이유는 없어집니다."

"하지만……."

내부 고발자들이 공무원 조직에서 어떤 결말을 맞이하는

지 너무나 잘 알고 있기 때문에 박신창은 아무런 말도 하지 못하고 입을 꾸욱 다물었다.

"안 한다고 과연 그들이 당신을 놔둘까요?"

"……."

이미 징계는 들어왔다. 그리고 이런 경우 꼬리 자르기를 하기 위해 자신을 쳐 내는 것이 흔하게 벌어지는 수순이다.

"이런 말 하긴 그렇지만, 당신은 불법적인 명령을 따르겠다고 마음을 먹은 순간부터 버려질 수밖에 없는 운명이었던 겁니다."

"크흑……."

물론 소방관이 저항하지 않고 순순히 죽어 준다면 자신에게 피해가 있지는 않았을 것이다. 하지만 소방관의 입장에서도 저항할 건 당연한 일이다.

'그래 봤자 이의신청 정도일 거라 생각했겠지.'

일반적으로 그 정도 수준이 저항의 끝이니까.

하지만 노형진은 그를 직접적으로 공격하기로 한 것이다. 어차피 신청했는데 거부한 기록은 남아 있으니까.

"당신이 어떤 선택을 하든 당신이 해직당하는 건 기정사실입니다. 설사 당신이 우리를 도와준다고 해도 말이지요."

"그러면 어쩌란 말입니까! 이래도 죽고, 저래도 죽고! 오로지 죽는 길밖에 없는데!"

"최소한 퇴직금을 받아 챙기느냐, 아니면 아무것도 못 받고 나가느냐의 차이겠지요."

"당신이 뭔데!"

"변호사지요, 당신 인생을 망가트릴 정도의 능력은 되는."

"……."

만일 이들을 도와서 소송한다면 자신은 내부 고발자로 찍혀 버릴 게 뻔하다. 그러면 공무원 조직에서 버틸 수 없다.

그렇다고 그냥 버틴다? 과연 위에서 자신을 지켜 줄까?

그럴 리 없다. 자신은 버리는 패다. 징계를 막아 줄 이유가 없다.

"기왕 버려질 거라면 실속은 챙겨야 하지 않겠습니까?"

"무슨 수로요? 위에서는 이런 걸 모를 것 같습니까? 그 인간들이 흔적이라도 남길 것 같습니까?"

명령은 언제나 직접적인 지시로만 전해졌다. 이메일이나 전화는 전혀 쓰지 않았다.

흔적을 남기지 않기 위해 그들은 조심스럽게 행동했다.

다른 사람들도 모르는 건 아니지만 언제나 다른 사람이 없는 곳에서 명령을 내렸다.

"아무것도 없단 말입니다. 아무것도."

철저하게 비밀로 움직인 자들이다. 그래서 저항할 수 있는 방법이 없다.

"그동안 저항하려고 한 사람이 없을 거라고 생각합니까?"

하지만 저항하려고 할 때마다 증거는 나타나지 않았고 그들은 내부 고발을 했다는 이유로 버려졌다.

"그거야 알지요."

노형진은 피식 웃었다.

"그런데 이렇게 저항했을 때 지는 이유가 뭔지 아십니까?"

"뭔데요?"

"합법적으로 저항했기 때문입니다."

"네?"

"저쪽은 불법을 행하고 있습니다. 불법을 행하기 때문에 철저하게 기밀을 유지하려고 하죠. 그들은 불법을 행하는 사람들의 성향에 대해 잘 압니다. 스스로가 불법을 행하니까요. 그런데 합법적으로 저항하려고 하면 그걸 막을 수 있다고 생각합니까?"

"그럼 어쩌라고요?"

"이럴 때는 우리도 불법을 행하면 되는 겁니다. 바로 협박이죠."

노형진의 말에 박신창은 얼굴이 창백해졌다.

불법을 행하라는 노형진의 말이 절대로 농담이 아니라는 게 얼굴에 드러났기 때문이다.

"물론 하기 싫으면 하지 않으셔도 됩니다. 강제하진 않습니다."

노형진은 웃으면서 말하고 있었지만 한 가지는 확실했다.

박신창이 선택할 수 있는 카드는 하나뿐이라는 것.

그는 이미 버려질 수밖에 없는 상황이니, 이런 상황에서 그가 선택할 수 있는 것은 자신의 실익을 챙기는 것뿐이었다.

"하지만 뭐로 협박하란 말입니까?"

협박이라는 것도 뭐든 있어야 가능한 것이다. 그런데 윗선에서는 그걸 남기지 않기 위해 얼굴을 맞대고 명령을 내렸다. 당연히 협박할 일은 남아 있지 않다.

"그렇지요. 어떤 흔적도 남지 않았을 겁니다."

노형진은 그 부분은 순순히 인정했다.

"하지만……."

씨익 미소를 지으면서 말하는 노형진.

"상대방이 그걸 알지는 못하지 않습니까?"

박신창은 무슨 소리인지 알지 못해서 멍하니 노형진을 바라볼 뿐이었다.

⚖

ㅡ일 똑바로 안 해? 네가 자꾸 그러니까 위에서 싫어하는 거야. 네가 제대로 일하면 위에서 이렇게 찍어 내릴 필요는 없다고.

조용한 커피숍. 주변에 아무도 없는 곳에서 뭔가를 듣고 있는 두 사람.

녹음기에서 나오는 목소리에 김 과장은 얼굴이 사색이 되었다.

"너…… 이 새끼."

"내가 혼자 죽을 것 같습니까, 당신 때문에 내 인생이 망가지게 생겼는데?"

"너 죽으려고 작정한 거야?"

"작정한 겁니다. 어차피 나 팽 당하는 거 모를 것 같아요? 그러면 최소한 내 거라도 챙겨야겠습니다."

박신창은 독하게 말했다.

그리고 김 과장은 그런 박신창의 얼굴을 보면서 부들부들 떨었다.

"원하는 게 뭐야?"

"1억."

"뭐? 씨발, 이게 미쳤나!"

"나도 퇴직금은 챙겨야 할 거 아닙니까!"

박신창은 막장이라는 듯 그를 독하게 밀어붙였다.

"위에서 시킨 거 알아요. 도지사가 시킨 것도 알죠. 그런데 이제 와서 모든 책임은 내가 다 지고 나만 잘리라는 건데, 내가 안 미칠 수 있겠어요?"

"누구는 좋아서 하는 일인 줄 알아? 나도 부장이 시킨 거란 말이야!"

"그럼 부장님이랑 같이 나눠서 주시면 되겠네요."

"야, 이 새끼야! 그럼 나 죽어!"

"나는 죽는데 과장님만 멀쩡할 수는 없지 않습니까?"

이를 박박 갈면서 덤비는 박신창.

그러자 김 과장의 얼굴은 점점 퍼래져 갔다. 이렇게 대놓고 협박한다는 것은 더 이상 볼 것도 없기 때문이라는 걸 알고 있기 때문이다.

'씨발, 좆 되어 버렸다.'

이렇게 명확한 증거가 있으면 자신이 아무리 발뺌해도 결국은 드러나게 되어 있다.

증거를 남기지 않으려고 그렇게 노력했는데, 자기 몰래 녹음을 했을 거라고는 생각도 못 했다.

'싯팔.'

잊고 있었지만 요즘 스마트폰에는 기본적으로 녹음 기능이 있다. 그렇기 때문에 슬쩍 녹음 기능을 켜 두고 들어와서 자신의 말을 녹음했으면 그 기록은 그대로 남아 있을 수밖에 없다.

"부장님하고 같이 5천씩만 주세요. 그러면 1억이니까. 그것만 받고 입 다물겠습니다."

"신창아, 우리 이러지 말자. 응? 이 위에 누가 있는지 알잖아?"

"알죠. 그러니까 달라는 거 아닙니까? 도지사쯤 되는 분이 1억이 없어서 입을 다물겠어요?"

"너, 그 위로 올라가면 무슨 일 당할지 몰라서 그래? 자기 압류했다고 예산 동결하라고 한 사람이 도지사야. 그런데 대놓고 협박하면 무슨 짓을 하겠냐고."

이것이 법이다

"그건 내 알 바 아니죠. 어차피 내가 여기서 잘리는 건 기정사실 아닙니까?"

"그걸 어떻게…….."

"씻팔…… 내가 바보야? 그렇게 잘린 인간들이 한두 명이 아닌 거, 내가 뻔히게 봤는데 모를 줄 알아?"

정말로 자기가 잘린다는 사실을 확인하는 순간 박신창은 화를 주체하지 못하고 반말을 해 버렸다. 그리고 그건 리얼리티를 더욱 강화해 주었다.

"너희들이 뒤집어씌우고 쳐 내는 거 뻔히 아는데 내가 미쳤다고 조용히 있을 줄 알았어?"

"신창아, 진정하고…….."

"진정? 지금 이게 진정할 일이야? 남의 인생 망치는 데 내 인생을 동원하고는 이제 와서 진정하라고? 안 되겠다, 2억. 그래, 1억으로는 내 퇴직금도 안 되겠어."

"2억? 야! 너 미쳤어!"

"도지사가 껴 있다면서! 그 정도 돈은 있을 거 아냐? 한 끼 식사에 몇십만 원짜리를 처먹는 인간들이니까 그 정도는 있겠지."

"너…… 점점……."

"뭐, 어쩔 건데? 자를 거야? 자를 거냐고! 어차피 나는 끝장이야. 안 주면 내가 무슨 짓을 할지 몰라! 알지, 기자들이 이런 거 좋아할 거라는 거? 그지?"

"큭……."

가뜩이나 사색이던 김 과장의 얼굴이 더더욱 일그러졌다. 박신창이 말하는 게 농담이 아니라는 것쯤은 느낄 수 있었던 것이다.

"시…… 시간을 다오."

증거가 저쪽에 있는 이상 다급한 건 이쪽이다.

이게 언론에 새어 나가면 자신뿐만 아니라 부장도 다친다. 그리고 도지사에게도 영향을 준다.

김 과장이 아는 도지사는 한번 당하면 그 보복을 철저하게 하는 인간이다. 자신의 실수를 그냥 넘어갈 리 없다.

"2주 준다. 그 안에 돈 준비 못 하면 이건 바로 언론사로 가는 거야. 알겠어?"

김 과장은 멍한 얼굴이 될 수밖에 없었고, 박신창은 뒤도 안 돌아보고 그와 있던 커피숍을 나왔다.

그리고 서둘러서 좀 떨어진 차량에 들어와서는 후들거리는 다리로 의자에 주저앉았다.

"헉헉헉."

"할 만하죠?"

"스…… 스파이 노릇은 진짜 못하겠습니다."

"하하하, 잘하시던데요?"

"그, 그게…… 중간에 말하다가 열 받아서."

예상은 했지만 자신을 쳐 내려고 한다는 사실을 직접 듣고 나자 제대로 화가 난 것이다. 그 덕분에 협박의 리얼리티가 더욱 살아났고 말이다.

"그런데 진짜로 속네요?"

"자기 말을 정확하게 기억하는 인간은 없거든요. 그리고 사람은 말할 때 버릇이라는 게 있습니다. 그러니 그걸 적당히 조작하면 말을 만들어 내는 건 어렵지 않지요."

애초에 불법적인 행동을 하라는 명령에 대한 녹음 내역은 없었다.

박신창은 그 부분에 대해 걱정했지만 노형진은 바로 다른 대안을 만들어 냈다. 박신창에게 평소 말하는 것을 녹음해 오라고 한 것이다.

그리고 음향 전문가에게 맡겨서 그걸 적당히 짜깁기해 새로운 문장을 만들어 낸 것이다.

"그가 예산 집행을 막으라고 명령했을 때 그 문장 하나, 단어 하나까지 기억하지는 못합니다. 하지만 그랬다는 것과 그걸 하기 위해 압력을 행사한 것은 기억하지요."

그 점에 착안하여 고압적으로 소리를 지르는 내용으로 파일을 짜깁기한 후 그걸 증거라고 들이밀자 김 과장은 철석같이 믿은 것이다.

"그걸 들이밀면서 초반부만 들려주고 그 당시 정황만 이야기해 주면 상대방은 진짜로 증거가 있다고 믿게 되는 거죠. 간단한 심리적 함정입니다."

"음……."

도둑이 제 발 저린다고 했다. 정확한 내용은 모르지만 자신의 말버릇과 상황이 들어 있으면 사람들은 그게 증거라고 믿는다.

"하지만 그건 증거로 효력이 없지 않아? 전문가가 검사하면 조작한 게 드러날 텐데?"

옆에 있던 손채림이 고개를 갸웃했다.

아무리 전문가가 조작했다고 하더라도 법원에서 검사하는 사람도 전문가다. 그가 조작의 흔적을 찾지 못할 이유가 없다.

"그렇지. 그러니까 이건 증거로 못 써. 하지만 사람의 귀는 속일 수 있지."

노형진이 웃으면서 손을 내밀자 박신창은 자신의 구두를 벗어서 넘겼다.

그걸 받은 노형진은 구두 뒷굽을 살짝 잡아당겼다. 그러자 그 안에서 나오는 작은 녹음기.

"헐?"

"하지만 지금 녹음한 건 다 기록에 남아 있거든."

"그럼 애초에 조작된 증거는 증거를 얻기 위한 함정이었던 거야?"

"그래. 내가 바보야, 재판부에 조작된 증거를 제출하게?"

박신창은 가능하면 부장과 도지사가 언급되도록 이야기했고, 그걸 모르는 김 과장은 진짜로 부장과 도지사를 언급했다. 그러니 이제 진짜 증거를 손에 넣은 것이다.

"이게 드러나면 아마 도지사라고 할지라도 멀쩡하지는 못할 거야."

"주민 소환을 당할까?"

"무리지."

노형진은 그 부분에서 얼굴을 찡그렸다.

주민 소환 제도는 선출직 공무원, 그러니까 국회의원이나 도지사 등에게 문제가 있는 경우 국민들이 직접 그를 탄핵하는 제도를 말한다.

하지만 애초에 구조적으로 성공할 가능성이 너무나 낮은 일이다.

일단 주민 소환 투표를 신청하는 조건이 엄청나게 까다로운 데다가, 설사 투표를 한다고 해도 그가 탄핵될 정도의 표가 나올 수가 없는 구조다.

투표하는 날이 공휴일이 아니기 때문에 한다고 해도 대부분은 출근해야 해서 그 기준을 맞추는 것은 불가능에 가깝다.

"더군다나 우리나라 선거는 사람을 보는 게 아니라 정당을 보는 구조로 되어 있어. 그렇다 보니 사람이 개판이라도 선출되는 경우는 흔하지."

탈세는 기본이고 병역 회피, 심지어 성범죄 전력이 있는 사람도 뽑히는 게 대한민국의 구조다. 그러니 주민 소환은 꿈도 꾸기 힘들다.

"그러면 경찰에 신고할 거야? 이거면 증거가 충분하잖아."

"그렇기는 한데 그냥 경찰에 신고하면 조용히 넘어갈 가능성 역시 높아서 말이지."

"하긴……."

아무리 소속이 다르다고 해도 경찰이 현 도지사의 치부를 공개적으로 수사하지는 않을 것이다.

조용히 수사하다가 내부적으로 '혐의 없음'으로 넘길 가능성이 다분하다.

"그러면 어떻게 해?"

"내가 좋아하는 방식은 아니지만……."

노형진은 가능하면 정치적인 부분에 대해서는 관여하고 싶지 않았다. 하지만 이런 경우는 어쩔 수가 없었다.

"정치질이라는 걸 나도 좀 해 봐야지."

⚖️

"박신창 이 새끼."

이를 박박 가는 김 과장. 그리고 그런 김 과장 옆에 서서 박신창을 노려보는 젊은 남자.

"어어…… 과장님, 이야기가 다르지 않습니까? 다른 사람이 끼어들게 하면 안 되죠."

"야, 이 씨팔 놈아, 나랑 부장님이 무슨 수로 2억을 만들어?"

이것이 법이다

조용한 숲속에서 김 과장은 박신창을 보면서 이를 빠드득 갈았다.

"그럼?"

"입 닥치고 받아. 그리고 그거 증거 내놓고."

"……."

박신창은 의심의 눈초리를 거두지 않은 채로 그들에게 다가가 가방을 넘겨받아서 열었다. 그리고 그 안에 가득한 5만 원짜리를 보고 격하게 눈동자가 흔들리기 시작했다.

"허억!"

진짜로 2억이었다.

자신이 평생 일해도 가질 수 없는 돈. 그 돈이 가방에 가득했던 것이다.

"이제 핸드폰을 넘기시죠."

조용히 있던 남자는 그런 박신창에게 손을 내밀며 말했다.

"그냥 파일만 지우면 되는데요?"

"그랬다가 안 지우면요?"

"그랬다가 핸드폰에 있는 내 친인척한테 보복하면요?"

"그래서 못 주겠다는 말입니까?"

"일단은 주기가 좀 그렇군요. 솔직히 당신이 누군지도 모르는데 어떻게 줍니까?"

남자는 잠시 침묵을 지켰다.

마음 같아서는 당장 박신창을 죽일 듯한 얼굴로 노려보고

있었지만 카드가 그에게 있는 이상 이쪽에서 섣불리 움직일
수는 없는 노릇이었다.

"당신의 신분을 밝히시죠."

박신창은 공격적으로 말했다.

상대방은 좀 곤란한 표정을 하다가 결국 결심한 듯 입을
열었다.

"도지사님이 보냈습니다."

"도지사님이?"

"네. 좋게 해결하자고 하더군요."

"그렇군요."

하긴, 이런 일이 바깥으로 나가면 시끄러운 게 당연하다.

더군다나 증거까지 가지고 있다면 정치적으로 큰 타격을
입게 될 건 뻔한 일. 차라리 2억을 주고 그 자리를 지키는 것
이 훨씬 돈이 된다.

"그렇다면 못 드리겠네요."

"뭐라고요?"

그 말에 얼굴을 와락 찡그리는 남자.

"지금 도지사님과 싸우자는 겁니까?"

"그건 아닙니다만……."

박신창은 곤란한 듯 뒤로 물러났다.

"다른 분들이 이미 돈을 주셨거든요."

"다른 분들?"

그 이야기에 무슨 소리인가 하던 남자는 뒤에서 나오는 다른 사람들을 보고 얼굴을 와락 찡그렸다.

"이거 반갑네, 서 보좌관."

자신을 바라보고 있는 사람.

그는 다름 아닌 현재 도의원 중에서 반대 정당의 대표를 하고 있는 사람이었다.

"이 상황에 대해 설명을 좀 해 줄 수 있을 것 같은데?"

그는 승리의 미소를 지으면서 서 보좌관을 바라보았다. 서 보좌관은 그런 그를 보면서 이를 악물었다.

⚖️

도청 입구에 몰려 있는 사람들.

그들은 기자들로, 얼마 전 터진 사건에 대해 당사자의 말을 듣기 위해 몰려온 것이었다.

그들은 그 당사자가 출근할 때 쓰는 차량이 들어오자 우르르 그곳으로 몰려갔다.

-이번 사건에 대해 뭐라고 말씀해 주십시오!

-언론에서 나온 말이 사실인가요?

-실제로 보복을 위해 예산의 집행을 막으셨습니까?

기자들은 출근하는 정광팔에게 매달려서 질문을 던졌지만 그는 서둘러 자신의 출근용 관용차에서 내리면서 들고 있던 서류 가방으로 얼굴을 가릴 뿐, 아무런 말도 하지 못했다.

  −한 말씀 해 주시죠!
  −찍지 마! 씨발, 찍지 말라고! 승질 나서 증말! 찍지 말라니까!

  그는 얼굴을 가리면서 입구를 향해서 서둘러서 발걸음을 옮겼고, 그 장면은 방송을 통해 전국으로 나가고 있었다.
  노형진 역시 사무실에서 그 장면을 이창직과 함께 보고 있었다.
  "이제 해결된 걸까요?"
  "일단은요."
  노형진은 씁쓸하게 웃으면서 말했다.
  "지난번에 소방관의 휴직 사태 때문에 국민들의 관심은 소방관들에게 향해 있습니다. 더군다나 정광팔의 정당에서는 이슈를 타기 위해 소방관들에게 전폭적인 지지를 하겠다고 한 상황이지요. 그런데 정광팔이 이런 식으로 행동했으니 그쪽으로서는 곤혹스러울 겁니다."
  당연히 정광팔로서는 움직일 수 있는 한계가 있다. 더군다나 한번 이런 짓을 했으니 그의 움직임이 더더욱 제한받을 건 뻔한 일.

"지원이 부족한 건 사실이겠지만 지금처럼 예산이 막히는 경우는 없을 겁니다."

"하지만 정광팔이 그냥 물러날지……."

자신이 압류당했다는 이유 하나로 소방관들에게 억하심정을 품고 그들에게 피해를 주기 위해 움직였던 그다. 이번에 이렇게 당했으니 그냥 넘어갈 리 없다.

"그래서 제가 정치 쪽으로 공을 넘긴 겁니다."

"네에?"

"이번 사건은 도지사 선거를 할 때 반대파에 상당한 명분을 줄 겁니다. 아무래도 그러면 정광팔의 당에서는 그를 다시 도지사로 밀어주기 힘들지요. 이만저만 큰 사고가 아니니까요. 더군다나 그는 애초에 국회의원이지, 도지사가 아니었습니다."

그는 국회의원을 하다가 도지사가 된 타입이다. 그러니 다시 국회로 돌아가면 그만이다.

"안타깝지만 우리가 할 수 있는 일은 여기까지입니다."

그가 도지사 자리에서 나가면 일단 소방관에 대한 공격은 사실상 불가능하다. 그가 다시 국회의원이 된다고 해도 그의 황당한 부탁을 들어줄 도지사는 없다.

설사 같은 당이라고 해도 도지사급에 출마할 정도면 최소한 그와 동급의 지명도를 가진 사람이다. 그런 사람이 그의 황당한 부탁을 들어주느라고 자신의 정치적인 생명을 걸 리 없다.

"그의 정치생명이 끝나지는 않겠지만 최소한 소방관들에게 헛된 짓을 할 생각은 못 할 겁니다."

"다행이군요."

"다행이기는 한데……."

노형진은 왠지 걱정스러운 얼굴이 되었다.

'아무리 봐도 그가 정당에서 퇴출될 것 같지는 않단 말이지.'

그는 엄청난 부자이고 당에서도 핵심이다. 또한 적지 않은 정치자금을 가지고 있다.

지금이야 당장은 여론이 그에게 불리하지만 시간이 지나면 또 잊힐 것은 당연한 일.

이 지역이 아닌 다른 지역, 특히 텃밭이라고 불리는 당선이 확실시되는 지역에서 공천받아 나오면 그의 정치생명은 길어질 것이다.

아니, 분명히 그렇게 받아서 나올 것이다. 그들의 생명은 생각보다 질기니까.

"그러니 일단은 해결되었다고 보는 게 맞겠지요."

"일단은이라……."

"그래서 제가 가능하면 정치와는 연결되고 싶지 않은 겁니다."

정치인들은 집요하다. 그들은 사소한 원한 하나하나도 잊지 않고 기억했다가 보복한다.

'진짜 정치인하고 엮이고 싶지 않지만.'

노형진이 정치인에게 학을 떼는 이유는 간단하다.

그가 대학에 다니던 시절, 아르바이트하던 곳에 국회의원이 온 적이 있다. 그는 자신이 타고 온 차량으로 가게 입구를 막고 영업을 방해했고, 그곳에서 일하던 노형진은 당연히 차를 빼라고 했다.

그리고 그날 저녁, 노형진은 잘렸다. 심지어 그 주변에서 알바 자리만 잡으면 채 일주일도 안 되어 잘렸다.

나중에야 그 국회의원이 자신에게 집요하게 보복하는 거라는 사실을 알았다.

'지금이야 그렇게 못 하겠지만.'

그때는 힘이 없지만 지금은 힘이 있다. 만일 어떤 국회의원과 전면전을 하게 된다면 이길 자신도 있다.

그러나 만고불변의 진리.

'똥이 무서워서 피하냐, 더러워서 피하지.'

그런 생각 때문에 그는 지금까지 정치 쪽과 선을 그은 것이다. 물론 이번에는 어쩔 수 없었지만.

"미안합니다, 괜히 우리 때문에."

노형진에게 미안해하는 얼굴이 되는 이창직 소방관.

"괜찮습니다."

노형진은 씩 웃으면서 말했다.

"피한다는 게 도망간다는 뜻은 아니니까요."

누군가 부당한 일로 도발한다면 노형진은 언제든 싸울 생각이었다.

"그러라고 있는 게 변호사니까요."

노형진은 마음을 강하게 먹기 위해 중얼거렸다.

토사구팽

"이혼요?"

노형진은 자신에게 배당된 사건을 듣고는 당황했다.

일반적으로 노형진에게 배당되는 사건은 어렵거나 규격화 되어야 하는 사건이다. 그런데 이번에 배당된 사건은 한국에서 가장 흔하게 벌어지는 사건인 이혼 사건이었다.

"이혼은 가장 먼저 규격화된 사건 아닙니까?"

노형진으로서는 이해할 수가 없었다.

한국에서 한 해에 이혼하는 숫자는 수십만이다. 심한 경우 결혼한 지 일주일 만에 이혼하는 사람도 있다.

그렇다 보니 어느 정도 체계화된 부분도 있고 실제로 변호사 중에 이혼 사건 한번 안 해 본 사람이 없을 정도였다. 그런데 이혼이라니?

"이번에는 사건이 좀 복잡해서 말이지."

송정한은 노형진에게 말하면서도 미안한 얼굴이었다.

하긴, 이혼이라는 게 너무 흔한 사건이니까.

"그렇게 미안하게 생각하지 마세요. 이유가 있으니까 저한테 배당해 주신 것이겠지요."

가끔 송정한이 사건을 개인적으로 부탁하기도 하지만 그건 어디까지나 어려운 사건을 기준으로 부탁하는 것이다.

이혼이라고 하지만 문제가 있으니 자신에게 배당된 것이리라.

"미국에서 소송을 걸었네."

"미국요?"

"네."

"아니, 웬 미국? 당사자가 미국인입니까?"

"그건 아닐세. 한국인이기는 하지만 말이야."

"그런데 왜요?"

"미국에 있어. 기러기 부부거든."

"기러기 부부? 그러면 남편이 한국에 있는 모양이군요?"

"그러네."

기러기 부부란 어떠한 사유로 부부가 가족과 떨어져 사는 것을 말한다.

일반적으로 남편이 한국에서 돈을 벌어서 유학을 가 있는 아이들에게 보내는 것이 흔한데, 그런 사람을 가리켜 기러기 아빠라고 많이 표현한다.

그리고 노형진은 그제야 그가 왜 송정한이 이야기를 꺼냈는지 알 것 같았다.

"하긴, 요즘 말이 많기는 하지요."

"자네도 아나?"

"알죠."

지난 몇 년간 경기는 좋았다. 그러자 수많은 사람들이 기러기 부부가 되어 아이들을 해외로 보내서 공부를 시켰다.

한국은 아이들에게 투자하는 돈만큼은 아끼지 않는 걸로 유명하다. 문제는 아이들만 보낼 수 없다는 것.

그래서 대부분의 부부는 남편은 한국에서 돈을 벌고 아내가 미국으로 가서 아이들을 보살피는 형태가 되었다.

'그런데 슬슬 경기가 안 좋아지고 있단 말이지.'

경기가 안 좋아지면서 점점 한국은 장기 침체 현상이 두드러지고 있는 상황.

그렇다 보니 한국에서 돈을 버는 남편의 입장에서는 죽을 맛이다. 당장 돈을 버는 것도 힘든데 한국의 경기 침체가 심해지면 당연히 환율이 낮아지기 때문이다.

즉, 한국 돈의 가치가 떨어진다는 것이다.

가령 1,700달러를 보내려고 할 때 환율이 높으면 200만 원 정도만 보내도 되는데, 환율이 바뀌면 동일한 돈을 보내기 위해서는 250만 원이 들게 된다.

들어가는 돈은 크게 차이가 없어야 하니 결국 한국에 남은 사람이 죽어날 수밖에 없는 구조인 것이다.

'이때쯤이었지.'

이때쯤을 기준으로 이러한 기러기 부부의 이혼소송이 엄청나게 많아진다.

그럴 수밖에 없는 것이, 한국에서 돈을 벌다가 못 버틴 가장들이 한국으로 들어오라는 말에 상대방이 거부하기 시작하자 의심이 싹터 수많은 소송들이 벌어지기 시작했던 것이다.

"이번 사건이 커질 거라 생각하시는 모양이군요."

"솔직히 말하면 그러네. 자네도 알다시피 우리나라에서 이혼소송을 하고 있는 곳이야 흔하지만 이러한 국제적 소송을 하는 곳은 흔하지 않네. 더군다나 우리나라에 있는 기러기 부부가 어디 한두 명인가?"

"못해도 몇십만은 될 겁니다."

"그렇지. 그런데 그들 중 최소 10%는 이혼할 거라는 게 내 판단일세."

'너무 정확해서 탈이군.'

노형진은 왠지 씁쓸한 생각이 들었다.

송정한의 말대로 실제로 수많은 부부들이 이혼하게 된다.

설사 한국으로 들어온다고 해도 수년간 떨어져 산 가족들에게 부부간의 정은 없었고 또 해외의 삶에 적응한 쪽이 버티지 못하는 경우도 많았다.

'실제로도 한국에서 적응하지 못하고 다시 해외로 나가는 경우도 많지.'

한국의 학교는 경쟁 체계이며 밟지 않으면 밟히는 약육강식의 방식이다. 그에 반해 미국이나 교육 선진국은 평등과 기회의 공평성을 추구한다.

성적이 낮으면 왕따를 당하든 뭘 하든 신경도 안 쓰는 한국과는 완전히 다른 문화.

'그 때문에 아이들이 들어와도 적응하지 못하지.'

문화도 다르고 지금까지 배운 분위기도 다르다.

가장 큰 문제는 진도다.

한국에서 배우는 교과목 중 상당수가 미국이라면 대학에 들어가서 배울 정도로 고차원적이다. 창의력 위주의 교육이다 보니 암기 쪽은 그다지 진행이 안 되는 것이다.

그렇다 보니 미국에서 1, 2등을 다투던 아이들도 한국에 오면 순식간에 아래로 깔리는 신세가 되어 버린다. 그래서 그걸 버티지 못하고 다시 미국으로 가는 아이들도 많다.

"그런데 단순히 사건이 많다고 해서 저한테 배당한 건 아닌 것 같은데요?"

"그게 말이야, 상대방이 미국에서 재판을 걸었네."

"미국에서요?"

"그래. 그래서 졌어."

"끄응…… 이거 곤란하군요."

둘 다 한국인이라고 해서 미국에서 재판을 걸지 말라는 법은 없다. 재판을 걸 수 있는 곳은 당사자가 있는 곳이니까.

"머리를 잘 썼네요."

"그러게 말이야. 그 때문에 다른 곳에서 좀 꺼리는 모양이더군."

"흠……."

미국에서 재판을 걸었을 때 제대로 어떻게 대항했다면 문제가 되지 않았을 것이다.

문제는 미국이라는 거다. 한 번 오가는 데 몇백만 원이 깨지는 그런 나라.

그러니 제대로 된 저항은 꿈도 꾸지 못한다.

"미국에서 한 재판을 한국에서 유효하게 하기 위해서는 법원에서 인정받아야 하지만……."

"미국에서 재판을 걸 정도면 미리 준비되어 있다는 뜻이겠군요."

"그러네."

국가가 다르기 때문에 미국에서 재판을 걸었다고 한국에서도 효과를 발휘하지는 못한다.

그게 효과를 발휘하기 위해서는 한국 재판부의 허가를 받아야 하는데, 이는 반대로 말하면 어떤 요건만 갖춘다면 효과가 발휘된다는 뜻이다.

"배상액이 살벌하겠네요."

"그러네. 그게 문제야."

미국 재판이 효과를 발휘하는 건 단순히 이혼의 문제가 아니다.

미국은 한국과 다르게 여성 위주의 이혼 재판으로 악명이 높다. 가령 여자가 바람을 피워서 이혼을 해도 남자는 그 여자의 생계를 책임져야 한다. 심지어 재산의 절반을 줘야 한다.

"미국에서 유명한 말이 있지요. 아무리 부자라고 해도 이혼 세 번 하고 나면 알거지라고."

"그렇다고 하더군."

그래서 실제로 재산을 주지 않기 위한 암살이나 살인이 적지 않게 벌어지는 곳이 미국이다.

"이쪽에서 소송을 알았답니까?"

"알기야 알았지. 하지만 대응할 방법이 없지 않나?"

"그렇지요."

일단 한번 갔다 오려면 돈 천은 깨지는 것이 미국이다. 버는 족족 돈을 보냈으니 거기 갈 돈이 있을 리 없다.

그나마 있다 해도, 이혼소송을 이유로 한국의 변호사가 재산을 모조리 묶어 놨을 테니 갈 수가 없다.

"미국 변호사는 비싸서 선임도 못 할 테구요."

"아니, 어떻게 그렇게 잘 아나?"

"그냥요. 뻔하게 보이네요."

노형진은 씁쓸하게 웃었다.

모를 리가 있겠는가. 그 짓거리를 한두 번 본 게 아닌데.

'도대체 누가 이런 방법을 만든 건지.'

미국에서 소송을 거는 것과 동시에 한국의 재산을 동결시켜서 대항하지 못하게 하는 방법.

그 때문에 수많은 남자들이 졸지에 전 재산을 털리고 길바닥으로 쫓겨났다.

"어렵다면 어렵고…… 쉽다면 쉽군요."

"그렇지?"

일단 가장 큰 문제는 공간적인 문제다.

한국에서 미국에 가기도 힘들다. 그렇다고 그냥 멍하니 당할 수는 없는 노릇.

"그런데 자네라면 해결할 수 있을 것 같더군."

"제가 무슨 수로요? 전 미국 변호사 자격이 없습니다. 설사 있다고 해도 사건 때마다 미국을 갈 수는 없고요."

"자네가 투자한 회사가 있지 않은가?"

"드림 로펌 말씀이시군요."

"그래, 자네가 투자한 곳. 그곳이랑 전략적으로 제휴를 할까 생각 중일세."

"결국 사건을 싹쓸이하시겠다?"

송정한은 히죽 웃었다.

"설마 이 정도 난이도 가지고 자네에게 부탁하겠나?"

"하긴······."

한국의 변호사 기업 중에서 해외 로펌들과 연결된 곳은 거의 없다. 있다고 해도 거대 사건을 기준으로 연결되어 있지 체계적으로 연결되어 있지는 않다.

하지만 새론은 이미 노형진과 함께 세계 각국에 지점을 개설하고 있는 상황.

필리핀이나 베트남처럼 한국인이 많은 곳에는 이미 지점이 들어가 있고, 미국에는 지점은 없지만 그 대신 노형진이 투자한 드림 로펌이라는 기업이 있다.

"그곳에서 적당한 실력의 변호사를 고용해 달라고 하면 어려운 건 아닐 걸세."

"양측에서 효율적으로 저항할 수 있겠군요."

"그러네."

이번 사건은 난이도의 문제가 아니라 전략적 제휴를 위한 송정한의 계획이었던 것이다.

'나쁜 건 아니네.'

미국과 한국에서 동시에 벌어지는 사건은 생각보다 많다. 그리고 그 공통점은 걸린 돈이 크다는 것이다.

당장 미국은 한국보다 생활비가 훨씬 많이 드는데 그곳으로 유학을 보냈다는 것 자체가 그 집안이 적지 않게 번다는 뜻이기도 하다.

"그러니까 자네가 좀 나서 주게나. 우리도 이참에 규모를 키워 봐야지."

노형진은 고개를 끄덕거렸다.

"노형진입니다."

"서규태입니다."

서규태는 침울한 얼굴로 노형진의 맞은편에 앉았다.

그는 대룡에서 부장급의 자리에 있는 사람이었다. 그런 그가 이런 꼴을 당할 거라 예상이나 했겠는가?

"아내 이름이 안숙희 씨라고요. 그런데 서규태 씨는 소장은 언제 받으셨습니까?"

"다섯 달 전에 받았습니다. 판결문은 한 달 전에 받았고요."

"미국으로 가 보셨겠지요?"

"네, 갔었습니다."

하지만 그다음 날부터 한국에서 선임된 변호사라는 인간이 이혼소송을 이유로 그의 재산을 모조리 동결시켜 버렸다.

"사방에서 돈을 구해서 애 엄마를 만나려고 미국에 갔지요."

그런데 그에게 돌아온 것은 대화가 아니라 미국의 경찰이었다.

그가 집에 가자 경찰이 들이닥쳐 그를 끌어냈다. 그리고 바로 추방되었다.

"알고 보니 저를 가정 폭력으로 신고했더군요."

"허……."

한국은 가정 폭력이 신고되면 알아서 하라고 하지만 미국은 적극적으로 개입한다.

가장 먼저 이루어지는 것은 그 두 사람을 떼어 두는 것.

"전 그 바람에 미국에 입국도 못 하게 되었습니다."

아내는 그를 가정 폭력으로 신고했고 접근 금지 명령까지 받아 냈다. 그 덕분에 이야기는커녕 미국에서 범죄자로 의심받아서 입국 금지까지 당했다.

"사건이 진행된 건 아닙니까?"

"그래도 가족이라고 바로 취하하더군요."

노형진은 눈이 꿈틀했다.

그가 가족이라고 취하했다는 말이 애석하게도 진짜가 아니라는 것을 알아챈 것이다.

"속으신 겁니다."

"속은 거라고요?"

"네, 만일 진짜로 폭행에 대해 수사가 진행되었다면 어떻게 되었을까요? 아마도 허위 신고인 게 드러났을 겁니다. 하지만 취하되었으니 신고 기록만 남게 되죠. 서규태 씨가 말씀하신 대로 가족이라서 취하하는 경우는 많으니까요."

"그, 그럼?"

"아마도 그 기록은 법원에 제출되었을 겁니다. 가정 폭행 신고 경력이 있는 남자라……. 법원에서 어떻게 받아들이겠습니까?"

"헉!"

"이거 생각보다 곤란하군요."

상대방이 이렇게까지 치밀하게 준비했다는 것은 누군가 뒤에 있다는 소리다. 그렇지 않다면 가정주부가 이렇게 법적으로 완벽하게 함정을 짤 수는 없다.

"자신은 처벌을 면함과 동시에 서규태 씨는 졸지에 가정폭력범이 됩니다. 형사처벌 기록은 의미가 없지요. 일단 신고 기록이 있고 판사가 그에 영향을 받을 테니까요."

"그, 그럴 수가……."

서규태는 세상이 무너지는 얼굴이었다.

'쯧쯧, 세상 물정 진짜 모르시는구먼.'

아마도 소송을 취하하는 것을 보고 혹시나 다시 이야기해서 사건을 멈출 수 있지 않을까 하고 생각을 했을 것이다.

하지만 이미 그럴 기회는 사라졌다.

"애초에 사건을 진행시키지 않기 위해 취하한 것뿐입니다."

"말도 안 됩니다. 가족들이 그럴 리가……."

"이 순간부터 가족이 아닙니다. 적일 뿐이에요."

"적이라니요!"

"아들하고 딸 두 명이라고 하셨죠?"

"네."

"몇 살입니까?"

"아들은 고등학생이고 딸은 중학생입니다."

"그러면 이러한 신고 같은 게, 두 아이가 모르는 상황에서 진행되는 게 가능하리라 생각하십니까?"

"헉!"

그 부분은 생각도 못 했는지 멍해지는 서규태.

노형진은 그에게 진실을 알려 주기 위해 그가 충격을 받든 말든 진지하게 말하기 시작했다. 어차피 한 번은 겪어야 하는 일이기 때문이다.

"더군다나 미국은 이러한 부모에 의한 가정 내 폭력이 생기면 가장 먼저 하는 것이 다름 아닌 아이들의 보호입니다. 그 과정에서 당연히 아이들이 폭력에 노출되었다는 것부터 확인하지요."

"……."

"아까 입국 금지당했다고 하셨죠? 단순 폭력으로 입국 금지까지 떨어질 것 같습니까? 더군다나 재판 당사자가? 아니죠. 미국 재판부도 재판 당사자가 입국이 금지되면 불이익이 있다는 걸 압니다. 그런데 그냥 무조건 입국 금지시킨다고요? 그런 곳이 아니죠, 거긴."

"그, 그럼……."

"미국은 아이들의 보호에 관해선 철저합니다. 우리나라처럼 물렁하지 않아요. 그렇게 입국 금지까지 당했다는 건, 당신이 아이들에게 손댔다고 판단했다고 봐도 무방합니다."

서규태는 세상이 무너지는 듯한 얼굴이 되었다.

그럴 수밖에 없는 게, 그 말은 아이들조차 그에 대해 거짓말을 했다는 뜻이기 때문이다.

"진짜로 손 안 대셨습니까?"

"네, 때린 적이 없습니다. 전 절대로 아이들이나 아내한테 손을 댄 적이 없어요!"

"그런데 왜…… 입국 금지가 떨어졌을까요?"

"크흑…… 그럴 수가……. 그럴 수가……."

절망적으로 눈물을 흘리는 서규태를 보면서 노형진은 혀를 끌끌 찼다.

"세상에 가장 더러운 재판정이 어딘지 아십니까?"

"흑흑흑……."

서규태는 대답하지 못하고 눈물만 뚝뚝 흘렸다.

노형진은 그가 대답하지 않아도 자신의 말을 하기 시작했다. 듣고 있다는 것은 알고 있으니까.

"다름 아니라 가정법원입니다. 얼마 전까지만 해도 가족이었던 사람들이 상대방에게 최대한의 피해를 주기 위해 욕하고 협박하고, 세상에서 가장 추잡하게 싸우는 공간이죠."

"흑흑흑……."

"하물며 아이들과 무려 5년이나 떨어져 있었으면 당신은 아버지가 아니라 그냥 돈을 보내 주는 기계일 뿐입니다. 그런 상황에서 그 아이들이 당신을 편들어 줄까요?"

수년간 아버지는 돈만 보내 주고 어머니가 보살펴 줬다면 아이들은 당연히 어머니에게 정서적으로 종속되어 있다. 그러니 어머니가 하자는 대로 하게 되어 있다.

'그래도 이상한데…….'

노형진은 그렇게 말하면서도 뭔가 이상하다고 생각했다.

아직 중학생인 딸이야 그렇다고 쳐도 고등학생쯤 되면 부모로부터 정서적으로 벗어나기 시작하는 시점이다. 그건 아버지인 서규태뿐만 아니라 어머니인 안숙희에게서도 마찬가지다.

'그렇다면 진실을 말해야 할 텐데.'

진짜 폭력 같은 게 있었다면 안숙희를 도와주겠지만 서규태의 말에 따르면 지난 5년간 본 것은 딱 세 번뿐이라고 했다.

그나마도 한 번은 지난번에 경찰에게 끌려 나가기 전에 본 것이 다이니 멀쩡한 상황에서 본 것은 두 번이라는 소리다.

그런 상황에서 폭력이 있을 수는 없다.

"그러면 다른 이유로 당신을 쳐 내야 했다는 뜻입니다."

"설마요? 애가 얼마나 착실한데요. 엄마 말도 잘 듣고."

"그걸 어떻게 압니까? 지난 몇 년간 딱 두 번 보셨다면서요?"

"……."

"착실한 게 아니라 착실하다고 믿고 싶은 것이겠지요. 인정하세요. 토사구팽 당하신 겁니다."

"……."

서규태는 아무런 말도 하지 못했다.

노형진은 그런 그를 보면서 한숨을 쉬었다.

"부모 마음은 다 똑같습니다. 하지만 현실은 그렇지 않지요. 우리 아이는 안 그래요, 우리 아이는 착합니다, 우리 아이 잘못이 아니에요, 나쁜 친구들 때문에 애가 잠깐 변했어요. 그런데 우리 아이가 그 나쁜 친구라는 생각은 못 합니까?"

"하지만 왜요! 애들이 절 버릴 이유가 없지 않습니까!"

"그건…… 나중에 확인하고 말씀드리겠습니다."

"확인?"

"네."

노형진은 직감적으로 이유를 알 것 같았다.

하지만 그걸 말하면 도리어 화를 내면서 계약을 해지할 수도 있기 때문에 제대로 확인하는 것이 더 중요했다.

"이번 사건은 기본적으로 서규태 씨의 편이 없다는 것을 확실하게 알고 넘어가셔야 합니다. 그러지 않으면 정신적으로 망가지실 겁니다."

"가족을 버리란 말입니까?"

"가족은 이미 당신을 버렸습니다. 당신은 그들의 가족이 아니에요."

"말도 안 됩니다. 제가 어떻게 키운 건데……."

"키운 건 당신이 아니라 돈입니다. 당신은 그냥 현금 출금기일 뿐이에요. 현실을 인식하세요. 같은 한국에 살아도 퇴

근 후 아이 얼굴을 못 보면 아이가 서먹해하는 게 현실인데 한국도 아니고 미국에까지 가 있는 아이가 당신한테 부모의 정을 느낄 거라 생각하십니까?"

"크흑……."

서규태는 부정하고 싶었지만 그럴 수가 없었다. 자신에게 벌어지는 모든 일이 노형진이 맞다는 것을 느끼게 해 주고 있었던 것이다.

"당신에게 남은 결말은 두 가지뿐입니다. 소송해서 재산을 지키든가, 아니면 그마저도 모조리 빼앗기고 비렁뱅이가 되든가."

"……."

"대룡이 아무리 좋은 회사라고 해도 당신이 정신적으로 흔들려서 업무에 방해된다면 쳐 낼 겁니다. 지난번에 대룡에서 벌어진 사태, 기억하시죠?"

"……."

서규태의 얼굴이 핼쑥해졌다.

노형진이 주도한 내부 정리 사태.

그 사태로 인해 무능하고 월급 도둑질만 하던 녀석들은 가차 없이 쫓겨났다. 심지어 손해배상까지 뒤집어쓰면서 철저하게 파멸했다.

물론 그 인간들은 인격적으로 문제가 있었던 놈들이기 때문에 일이 그렇게 된 것이지만, 자신의 동기 중 무려 50%가

사라진 사건이다.

'그래, 걱정되겠지.'

그 사건 이후 대룡에는 새로운 피가 수혈되면서 정체되었던 기업이 다시 굴러가기 시작했다.

그리고 서규태는 그때 살아남았던 사람이다.

좋게 말하면 성격이 좋은 사람이지만 나쁘게 말하면 딱히 눈에 안 보이던 사람이기도 했다.

"대룡에서는 기존처럼 아랫사람이 정체되어 있기를 바라지 않습니다."

일종의 계급적 문화가 회사의 발전에 방해된다는 사실을 알고 대룡에서는 하급직에 대해 역전적 승진도 시키겠다는 것을 못 박았다. 즉, 어제만 해도 부하 직원이던 사람이 갑자기 상관이 될 수도 있다는 것이다.

"그러니 정신 차려야 합니다. 그냥 뒤통수 맞았다고 징징 짤 겁니까?"

"하지만…… 전 미국에 갈 수가……."

서규태도 직접 가서 이야기하고 싶었다. 이야기하고 사건을 해결하고 싶었다.

하지만 그는 미국에 들어갈 수조차 없다.

"그러니까 우리한테 맡기세요. 법적으로 변호사들은 당사자를 대리할 수 있으니까요."

여기서 변호사로 선임되면 새론은 미국에서 변호사를 선

임할 수 있는 권한을 가진다. 그리고 그 후에는 조사하면서 사건을 해결하면 된다.

"일단 항소해 놨으니 거기서 제대로 대항하지 못하면 그 판결문은 확정될 겁니다. 그거 그냥 두실 겁니까?"

"……."

가족이 배신했다는 것에 정신을 못 차리고 멍하게 있는 서규태.

노형진은 그런 그를 보면서 혀를 끌끌 찼다.

'이해는 하지만…….'

하긴, 세상 누가 다른 사람도 아니고 아내와 자식이 배신을 했는데 정신이 멀쩡하겠는가?

결국 노형진은 나서서 그에게 해결책을 알려 줬다.

"일단 이야기하고 싶으시다면 한국으로 오게 하세요. 그들은 한국 내 자산이 없으니까 들어오면 당신이 갑입니다."

"하지만 뭔 수로요?"

"그곳에 있지 못하게 하면 되지요. 서규태 씨가 무슨 생각을 하시든 기회는 이번뿐입니다."

서규태는 떨리는 손으로 도장을 꺼내 들었다.

"미국이드아!"

손채림은 공항에서 내리면서 행복한 미소를 보였다.

노형진은 그런 그녀를 보면서 혀를 끌끌 찼다.

"좋냐?"

"미국은 처음이야."

"그래?"

"그래. 역시 영어 좀 하니까 올 기회가 생기는구먼, 에헤헤."

"좋겠다."

피식거리는 사이 자신의 짐을 찾은 송정한이 카트를 밀면서 다가왔다.

"미국이라……. 다시 와도 좋군그래. 놀러 오면 더 좋을 텐데."

"아니, 대표님까지 그러시면 어떻게 합니까?"

"대표라고 일만 하라는 법 있나? 나도 놀아야지. 난 노 변호사처럼 일중독이 아니야, 하하하."

"끄응……."

노형진은 부정하지 못했다. 스스로 생각해도 자신은 살짝 일중독이었기 때문이다.

'이러면 안 되는데.'

한국 특유의 문화로 인해 쉬면 죄책감이 느껴지는 것이다.

물론 말도 안 되는 일이다. 충전해야 일을 할 수 있지만, 왠지 그게 꺼려진달까?

"휴가는 알아서 쓰겠습니다."

"웬만하면 빨리 쓰게나. 올해 휴가도 안 썼잖아?"

"뭐, 어쩌다 보니……."

"이참에 쉬는 건 어때? 미국이지 않나."

"나중에 하겠습니다, 나중에. 야, 가자. 뭐 해?"

"공항 구경."

"뭔 구경이야? 자판기를 왜 구경해? 그거 한국에도 있는 거거든."

노형진은 두리번거리는 손채림을 재촉하면서 공항 바깥으로 나갔다. 그리고 그곳에서 커다란 종이에 새론이라는 이름을 쓰고 기다리고 있는 사람들을 만날 수 있었다.

"오랜만입니다, 엠버 브라운 변호사."

그들을 기다리고 있던 사람은 다름 아닌 엠버였다.

노형진이 투자한 드림 로펌의 대표이며 매년 적지 않은 수익을 노형진에게 보내 주는 사람이었다.

"저야말로 반갑습니다, 미스터 노."

"직접 오실 줄은 몰랐습니다."

"최대 투자자까지 오시는데 직접 와야지요. 일단 숙소로 가실까요?"

"그러지요."

엠버는 노형진을 바라보면서 찡긋 윙크를 날렸고, 노형진은 그녀의 성격을 생각하고는 피식 웃으면서 그녀를 따라서 공항 바깥에 대기 중인 리무진으로 향했다.

"이야, 끝내준다."

그리고 손채림은 그런 엠버를 보면서 침을 꼴딱 삼켰다.

노형진은 그런 손채림을 보면서 기가 막혔다.

"아니, 그런 말이 왜 나와? 네가 아저씨냐?"

"뭐 어때? 끝내주는 건 끝내주는 거지. 저 사람 가슴 사이즈, D는 될 것 같은데?"

자신의 가슴과 번갈아 가면서 재 보는 손채림의 행동에 노형진은 머리를 절레절레 흔들었다.

'아니, 공부하러 갔다 온 거야, 성격 버리러 갔다 온 거야?'

음악 공부하러 간 것은 알고 있었다. 그리고 약간 왈가닥인 것도 알고 있었다.

그런데 그곳에 가서 혼자 살면서 그런 부분이 더욱 강해진 것 같았다.

"자, 빨리 가세나."

"네, 대표님."

보다 못한 송정한이 손채림을 재촉하고 나서야 그들은 리무진으로 향했고, 짐을 트렁크에 실은 사람들은 리무진을 타고 숙소로 움직이기 시작했다.

"우와, 끝내준다."

리무진의 내부는 시트가 벽 쪽으로 길게 붙어 있어서 서로 마주 보면서 이야기할 수 있는 구조로 되어 있었다.

"이런 걸로 준비하다니, 너무 무리한 거 아닙니까?"

노형진은 그걸 보고 깜짝 놀랐다. 그런데 엠버는 맞은편에 앉아서 그저 웃을 뿐이었다.

"왜요? 너무 호화스럽나요?"

"솔직히 그러네요."

"이 많은 사람들이 움직이는 걸로 치면 택시보다 좀 나은 수준입니다. 이런 건 빌리는 거지, 사는 게 아니니까요."

"아……."

물론 택시보다 훨씬 비싸기는 하지만 택시보다 더 좋은 점도 있다.

"그리고 서둘러서 이야기를 하고 싶어서요."

"이야기를요?"

"놀러 온 건 아니잖습니까?"

엠버의 말에 노형진은 고개를 끄덕거렸다.

자신은 투자자이기는 하지만 그렇다고 대표는 아니다. 그 두 개는 완벽하게 분리된다. 한국처럼 그게 그거인 나라가 아니니까.

그러니 저들과 이야기하면서 함께 작전을 짜야 한다.

"사실은 우리 새론에서는 드림 로펌과 일종의 협약을 하고자 합니다."

"협약?"

"네, 국제 이혼에 관한 사건을 말이지요. 일단 시작은 국제 이혼이지만, 장기적으로 한국과 미국에 걸쳐 있는 사건에 대해 이야기해 보려고 생각 중입니다."

"한국과 미국에 걸쳐 있는 사건이라……."

"그런 사건이 적지 않지요."

"그렇지요."

노형진은 지금 벌어진 사건에 대해 간략하게 설명하고 또한 그러한 현상이 흔하게 벌어지고 있다는 점에 대해서도 이야기했다.

흔하게 벌어지는 것은 저작권 같은 것이다. 미국에서는 저작권 보호를 하지만 한국에서는 하기가 힘들다. 한국에는 그걸 단속할 지점이 없으니까.

"그래서 이번 사건을 계기로 일종의 수익률 판단을 할까 생각 중입니다."

"수익률 판단이라……."

"일반적인 단일 사건보다는 수익률이 높지는 않을 겁니다. 아무래도 한국이라는 곳이 그다지 큰돈이 움직이는 시장은 아니니까요."

"질보다는 양인가요?"

"네."

엠버는 만족스러운 듯 고개를 끄덕거렸다.

"그 부분은 걱정하지 않아도 될 듯하군요. 미국이라고 해서 다 부자는 아니죠. 애초에 미국으로 한 명이 와 있다는 것 자체가 그쪽이 한국에서는 부자에 속한다는 뜻이니 그 비용은 적지 않을 듯하군요."

노형진은 약간 혀를 내둘렀다.

'역시 엠버라고 해야 하나?'

자신 역시 그 부분은 생각했지만 엠버에게는 말하지 않았다.

하지만 그녀는 혼자서 사회적인 명망에 따른 변호사비까지 생각하고 있었던 것이다.

"그런 상황에서 양까지 충분하면 한국 농담으로 금상첨와라고 하던가요?"

"금상첨화입니다."

한국 사자성어까지 하는 걸 보니 한국에 대해 상당히 많이 공부한 모양이었다.

'이런, 이런.'

노형진은 슬쩍 미국 쪽 변호사 비용을 깎을까 생각했는데 아무래도 그건 무리인 듯했다.

"하지만 사건이 많은데 가능하겠습니까?"

양으로 승부하는 새론과 다르게 드림은 소수 정예를 추구한다. 워낙 변호사들이 많은 곳이 미국이다 보니 양으로 승부해서는 의미가 없기 때문이다.

"그 부분에 대해서는 걱정하지 마세요. 미국도 파산하는 변호사는 많으니까요."

"파산하는 변호사?"

"네. 그들에게 사건을 배당한다고 하면 그들은 우리와 일할 겁니다."

"설마 규모를 늘리시려는 겁니까?"

"그건 아닙니다. 다만 일종의 협력적 관계를 구축해 놔야 나중에 인원 충원하기 좋으니까요."

"그런가요?"

"그리고 그런 식으로 해 놔야 우리가 다 커버할 수 있거든요. 미국은 넓습니다. 한국과 다르죠. 우리가 그걸 다 찾아다닐 수는 없습니다."

"하긴…… 맞는 말이군요."

한국이야 서울에서 부산까지가 끝이고 반나절이면 가는 거리다. 하지만 미국은 나라 끝에서 끝까지 가려면 비행기를 타야 하고 재판 때마다 갈 수는 없다.

더군다나 각 지역별로 변호사 등록을 따로 하는 것도 한계가 있다. 미국은 각 주마다 주법이 다르기 때문이다.

"하지만 파산 직전의 변호사들에게 기회를 준다는 식으로 협약을 맺어 두면 우리는 미국 어디에서 소송하든 움직일 수 있습니다."

"파산 직전인 그들이라면 거절은 하지 않을 겁니다."

한국처럼 갑질을 하는 상류층은 아니지만 미국 역시 변호사들은 상류층이다. 물론 그렇다고 해서 그들이 다 부자는 아니다.

노형진이 새론에서 그런 변호사들을 이용하여 규모를 늘

렸듯 엠버 역시 세력을 늘릴 생각이었던 것이다.

'그리고 다른 목적도 있겠지.'

미국은 한국과 다른 게 하나 있다.

뭐냐 하면, 한국은 사법연수원에서 성적으로 변호사나 검사를 자르는 데에 반해 미국은 변호사 중에서 선발하는 구조라는 것이다.

그렇다는 것은 누가 어떻게 변호사나 검사가 될지 모른다는 뜻이다.

그 점을 감안해서 여러 변호사들에게 선을 만들어 두면 손해 볼 것은 없다.

"왜요? 투자자 입장에서는 불만이신가요?"

"그럴 리가요."

노형진은 씩 웃었다. 그렇게 된다면 드림 로펌은 상당히 빠르게 성장할 것이다.

"좋은 생각이군요."

"이번에 새론에 대해 알아보면서 배운 겁니다."

엠버는 자신이 어디서 배웠는지 인정하면서 씩 웃었다.

"그건 일단 드림에서 알아서 할 일이니까 일단은 일을 우선해 보죠. 사건에 대해 어떻게 생각하십니까?"

"글쎄요……. 그 여자분 학력이 대졸이라고요?"

"네, 하지만 미국과는 다를 겁니다. 한국은 인구의 70% 이상이 대학에 갈 정도로 학력 인플레가 심하거든요. 그 여자의 학교를 기준으로 보면 그다지 높은 수준은 아닙니다."

"흠……."

노형진의 말에 엠버는 잠시 생각을 했다. 그리고 금방 결론을 내렸다.

"뒤에 변호사가 있겠군요."

"변호사가?"

송정한은 문득 과거의 악몽이 생각이 났다. 그래서 얼굴이 창백해지자 엠버는 고개를 갸웃했다.

"아…… 과거에 범죄를 설계해 주는 녀석들과 싸운 적이 있거든요. 그 녀석들이 변호사였습니다."

엠버는 고개를 끄덕거렸다.

"이해합니다. 미국에도 그런 녀석들이 있으니까요."

"진짜예요? 우와."

손채림은 깜짝 놀랐다.

설마 미국에 그런 식의 변호사가 있을 거라고는 생각도 못 했던 것이다.

"진짜랍니다. 인간의 욕심은 끝도 없지요."

"놀랍네요."

노형진은 추가로 설명해 줘야 할 것 같았다.

일단 그녀 역시 여기에 일하러 온 이상 기본적인 지식은 있어야 하기 때문이다.

"애초에 청계가 하던 방식은 미국에서 배워 왔다고 봐도 무방해. 뭐, 청계의 경우는 그게 좀 심해진 부분이 있기는 하지만 말이야."

"헐."

"미국 내의 어지간한 규모의 마피아나 폭력 조직은 기본적으로 대형 로펌이나 변호사들과 긴밀한 선을 가지고 있어. 미국에서 소송은 일상이라고 할 정도로 많으니까."

"그래?"

"그래. 그러니 당연히 범죄를 설계해 주는 곳도 존재하지."

노형진의 말을 엠버가 이어받았다.

"하지만 그런 경우는 무척이나 드물죠. 애초에 드러나지 않으려고 하는 부분도 있으니까요."

송정한도 이해한다는 얼굴이었다.

청계는 범죄를 설계해 주고 가진 자들의 약점을 쥐는 방식으로 한국을 쥐고 흔들었다. 하지만 그건 외부적으로 전혀 드러나지 않았다. 지금도 그럴 녀석들이 있을 가능성이 있지만 드러나지 않는다.

"미국은 범죄에 대해 무척 처벌이 강해요. 안 하지는 않지만 드러내는 건 무척이나 조심하겠지요."

"그러면 이번 사건도?"

엠버는 고개를 좌우로 흔들면서 부정했다.

"이번 사건은 그럴 것 같지 않아요."

"아니라고요?"

"네. 이번 사건은 범죄 설계가 아니니까요."

"범죄 설계가 아니다?"

노형진은 그 부분에 걱정스러운 생각이 들었다.

자신도 한국에서 이 말을 들었을 때 걱정했던 부분이었기 때문이다.

"이 방식은 범죄 설계라기보다는 내 방식에 가까워."

"자네의 방식이라니?"

노형진의 말에 송정한은 고개를 갸웃했다.

노형진은 그런 송정한에게 한숨을 쉬면서 답했다.

"의뢰인에게 최대한의 이익을, 상대방에게 최대한의 보복을."

"음…… 확실히 자네는 그런 게 있지."

노형진에게 걸리면 '적당히'라는 게 없다. 그렇기 때문에 다들 노형진에게 맡기려고 하는 한편 다른 쪽으로는 두려워 하는 것이다.

"이번 사건의 경우 상대방 기준으로 의뢰인에게 최대 이익을 주기 위해 사건을 약간 작위적으로 배치하면서 만드는 게 있습니다. 한국에서 압류한 것도 그렇고 미국에 오자 바로 경찰에 신고한 것도 그렇고. 마치 서규태 씨의 손과 발을 다 자르는 듯한 방식이구요."

실제로도 그러한 이유로 인해 서규태는 미국의 판결대로 라면 거의 전 재산을 부인과 아이들에게 빼앗길 판국이다.

"저라면 썼을 만한 방식입니다."

"음……."

송정한은 약간 얼굴이 어두워졌다.

노형진은 유능하기로 유명한 변호사다. 그런 그가 쓸 만한 방식이라는 것은 상대방 역시 호락호락한 녀석은 아니라는 뜻이다.

'그런데도 이상하단 말이지.'

기본적으로 머리가 좋기는 한 것 같다. 그런데 왠지 핵심에서 벗어나는 부분도 있었다.

가령 압류 부분도 그렇다. 압류를 할 때 정작 월급을 압류하지 못했다. 그 덕분에 서규태가 자신들에게 의뢰할 수 있는 돈을 확보할 수 있었다.

자신이라면 월급에 대해서도 어떻게 해서든 차단하려고 했을 것이다. 그리고 돈을 빌릴 수 있는 방법도 차단했을 것이고 말이다.

그런데 상대방은 누군지 모르지만 그 부분은 간과했다.

만일 월급과 자금 융통 방법을 차단했다면 서규태는 미국으로 오기 위해 사채를 쓸 수밖에 없을 텐데, 사채를 쓴다는 것은 무능을 증명하는 가장 확실한 카드다.

'어설프게 따라 했어.'

자신의 방식을 따라 하는 느낌이 들기는 하는데 잘 알고 따라 하는 것 같지는 않은 상황.

"일단은 상대방 변호사에 대해 알아보는 것이 중요할 것 같군요."

"그건 우리 쪽에서 알아보지요. 어려운 건 아니니까요. 이름이 뭐라고 했죠?"

"필립 모리스입니다."

"흠…… 처음 들어 보는 변호사인데……."

엠버도 그 변호사의 이름이 낯선 모양인지 고개를 갸웃했다.

"그리고 상대방에 대해서도 조사를 좀 하고 싶은데요, 믿을 만한 사람 있습니까?"

"믿을 만한 사람?"

믿을 만한 사람이라는 말에 손채림은 고개를 갸웃했다.

"탐정 말이야. 미국은 한국과 다르게 탐정 일이 합법이거든."

"아!"

한국에는 탐정이 없다. 심부름센터 같은 곳이 있기는 하지만 어디까지나 불법이다. 그렇기 때문에 새론에서는 따로 정보 팀을 구성해서 운영하는 것이다.

그에 반해 미국은 탐정 일이 합법이라 새론처럼 정보 팀을 크게 구성할 필요가 없다. 어느 정도 규모만 가지고, 그 이상의 업무는 탐정에게 맡기는 것이다.

"적당한 사람이 있어요. 전직 형사입니다. 은퇴 후 이런저런 일을 하고 있지요."

"그러면 일단 안숙희와 아들인 서만승에 대해 조사해야겠군요."

"서만승을요? 아들은 왜요?"

"꺼림칙한 게 있어서 그럽니다."

노형진은 뭔가가 있다는 것을 확실하게 느끼고 있었다.

콩가루 집안이네

"로빈이라고 부르시면 됩니다."

반백의 덩치 큰 남자는 땀을 뻘뻘 흘리면서 건너편 의자에 앉았다.

그 모습을 본 손채림은 약간은 당황한 눈빛이었다.

탐정이라고 해서 기대했는데 이건 영락없이 살찐 동네 아저씨다. 물론 미국인이지만.

"이야기는 들었습니다. 이 둘에 대해 조사를 해 달라고요?"

"네. 얼마나 걸릴까요?"

"그다지 걸리지는 않을 겁니다. 그런데 선불이 좀 필요한데."

노형진은 자신의 카드를 내밀었고, 로빈은 서슴지 않고 카드를 긁었다.

"좋습니다. 결제도 되었고, 바로 시작하지요. 특별히 궁금한 거 있습니까? 여자 쪽은 뭐 바람피우고 있느냐일 거고."

이런 일이 한두 번이 아닌 듯 느긋하게 말하는 로빈.

노형진은 그런 그에게 다른 부탁을 했다.

"아들인 서만승은 학교생활 쪽을 좀 알아봐 주세요."

"학교생활요?"

"네. 학교야 다니고 있겠지만……."

노형진은 말을 흐렸지만 그는 눈치 빠르게 노형진이 원하는 것이 뭔지 알아차렸다.

"하긴…… 흔한 일이기는 하죠. 알겠습니다. 알아보지요."

길게 이야기도 하지 않고 나가는 로빈.

그가 나가고 나자 손채림은 고개를 갸웃했다.

"여자 쪽이야 알아봐 달라는 게 이해가 가는데 학교생활은 왜?"

"그냥…… 아들이 너무 뜬금없이 엄마 편을 들어서 말이지. 보통 아들이면 아빠 편을 들거든. 감정적이라기보다는 이성적이니까. 더군다나 서규태의 말에 따르면 아들이 자신에게 무슨 원한을 가진 건 아닐 테니까."

그런 상황에서 누가 봐도 부당한 이혼을 하려고 하는 안숙희의 편을 들어 줄 리 없다.

설사 심리적인 동조감으로 인해 들어 준다고 해도 모른 척하거나 심적으로 동조해 줄 뿐이지, 경찰에게 위증까지 해 가면서 편들어 줄 이유가 없다.

"중학생 딸이야 심리적으로 어머니에게 귀속되어 있을 나이니까 그러려니 하는데 이제 막 한창 반항기인 고등학생 남자 녀석이 이혼 사건에서 순순히 엄마 말을 들어준다? 그것도 엄마가 나쁜 상황인데? 그건 아니지."

"그럼?"

"결국 그 녀석도 그 이혼으로 어떤 이득을 얻는다는 거지. 그것도 포기하지 못할 정도의 뭔가를 말이야."

"흠……."

손채림은 알 듯 모를 듯 한 얼굴이 되었다. 그리고 살짝 얼굴을 찡그렸다.

"보나 마나 마약이겠군."

"어떻게 알아?"

"나도 유학을 폼으로 한 건 아냐. 더군다나 미국은 그런 게 더 심하잖아."

"그렇기는 하지. 네 걱정이 맞아. 서규태 씨에게는 차마 말을 하지 못했지만."

마약에 빠지면 다른 것을 하기 쉽지 않다.

당장 이혼은 피할 수 없다. 안숙희에 대한 사실을 말하면 서규태가 이혼할 건 당연한 일이니까.

"문제는 양육권이지. 만일 안숙희의 책임이라는 쪽으로 이혼하게 되면 양육권은 서규태 씨 쪽으로 넘어가게 되어 있어. 서만승이 마약을 한다면, 그건 심각한 문제야."

"부모로서의 관리 책임 문제구나. 확실히 안숙희가 관리하기 위해 미국에 왔는데 그걸 막지 못했으니 양육권은 아버지 쪽으로 가겠네. 그렇게 된다면 서만승은 한국으로 가야하니까."

한국은 전 세계적으로 마약 청정국이라고 할 만큼 마약 안전지대에 속한다. 즉 마약을 구하는 것이 쉽지 않으며, 설사 구한다고 해도 미국에 비해서 훨씬 비싸다는 소리이기도 하다.

"만일 마약을 한다면 서만승은 한국으로 가지 않으려고 할거야."

"하지만 이혼한다고 안 갈까?"

"그렇겠지. 보통 이런 경우라면, 안숙희는 한국에 가기 싫어서 이혼소송을 하는 거니까."

만일 다른 이유로 이혼소송을 하는 것이라면 당연히 한국에 들어와서 이혼소송을 하게 된다.

그런데 안숙희는 굳이 미국에서 하려고 하고, 또 서규태의 얼굴조차 보지 않으려고 한다. 즉, 이혼한 후에도 미국에서 살 생각인 것이다.

"그나저나 그 아저씨가 제대로 할까?"

"응?"

"아까 보니까 동네 아저씨던데? 전혀 전직 경찰 같지 않았다고."

"하하하, 넌 영화를 너무 많이 봤어."

"그런가?"

"그래. 원빈이나 탑 크루즈 같은 사람이 스파이 해 봐라. 대번에 시선을 끌 거다."

"하긴, 큭큭큭."

미국은 한국에 비해서 식단이 고열량이 많다. 당연히 한국에 비해서 덩치도 큰 사람이 많다.

영화에 나오는 배우들 같은 사람들은 아주 소수일 뿐이다. 그런 나라에서 늘씬하고 잘생긴 사람이 다니면 시선을 끌 뿐이다.

"그런 면에서 저런 타입은 눈에 안 띄지. 그리고 저렇게 덩치가 큰데도 탐정을 한다는 건 그가 정보 계통이라는 소리야."

"정보 계통?"

"그래. 현장에서 뛰는 현상금 사냥꾼 같은 건 저런 몸으로 할 수 있는 건 아니잖아?"

손채림은 수긍을 한 듯 고개를 끄덕거렸다.

몸으로 하는 일 같은 경우 저런 몸을 가지고는 따라다니는 것도 힘든 것이 현실이다.

"그러니까 도리어 이번 사건에서는 믿을 만하다는 거지."

정보를 확실하게 가지고 올 수 있는 자리에 있다는 뜻이니까.

"일단 그쪽은 해결된 것 같고, 남은 건 그 변호사인데."

필립 모리스라는 변호사는 이번 사건에서 안숙희를 대표하고 있다. 그런데 그의 행동을 봐서는 상당히 똑똑한 인간이다.

'그런데 그런 녀석이라면 내가 모를 리 없는데.'

노형진은 회귀 전 미국에서 일을 했다. 그때 멍청한 변호 사들을 수없이 만났으니 이렇게 실력이 있는 변호사라면 당 연히 기억하고 있어야 한다.

그런데 기억하는 사람들 중에서 필립 모리스라는 이름은 없다.

'지역을 옮겼나?'

물론 다른 주에서 일했다면 자신이 기억하지 못할 수도 있 지만 일단은 자신이 일했던 곳에서 일하니 궁금한 것이 사실 이었다.

"기다려 보자고. 뭐, 변호사 신상 캐는 게 오래 걸리는 건 아니니까."

노형진은 그렇게 말하면서 대수롭지 않게 생각했다.

그러나 다음 날 그 필립 모리스의 실체에 대해 알았을 때 노형진은, 아니 노형진뿐만 아니라 송정한조차도 얼굴을 찌 푸릴 수밖에 없었다.

"무카토 에이지?"

"끄응……."

노형진과 송정한의 반응이 이상하자 엠버는 고개를 갸웃 했다.

"아는 사람인가요?"

"악연이 좀 있습니다. 그런데 그 녀석이 왜 여기에 있는지 모르겠군요. 일본에서 활동하는 걸로 알고 있는데요?"

"얼마 전에 일본에서 미국으로 온 것으로 되어 있습니다. 여기서 변호사 개업을 했더군요. 미국 영주권이 있어서요."

"끄응, 미국 변호사 자격증까지 있었단 말인가?"

"그런 녀석이라면 절 따라 하는 것도 이해가 갑니다. 당하고 나서 저에 대해 공부한 모양이군요."

무카토 에이지. 한국 이름 이재곤은 친일파로, 일본군 성 노예 사건을 다룰 때 일본 편에 서서 변론하던 녀석이었다.

그 후에 어떻게 되었는지 신경도 안 썼는데 설마 미국에 있을 줄이야.

"그런데 왜 미국에 온 거지?"

"팽 당한 거죠."

"팽?"

"네. 일본에서 그 성 노예 사건에 얼마나 신경을 썼습니까? 그런데 졌지요. 그들이 무카토 에이지, 아니 이재곤을 변호사로 쓴 건 한국인도 자신들을 편들어 준다는 일종의 퍼포먼스였습니다. 그런데 졌잖아요."

"그러면 필요가 없겠군."

"그렇겠지요."

어차피 그들이 진짜로 이재곤을 믿고 도와준 게 아니다. 이재곤은 일본에 있어서 도구였을 뿐이다.

그런데 그 도구가 실패했으니 그 가치는 상실된 셈이다.

"일본의 한국인 차별은 생각보다 심합니다. 물론 아래쪽에서는 그다지 티가 안 나지만 위쪽 계층으로 올라갈수록 확연하게 티가 나지요."

"한국에서 웃으면서 말하는 것처럼 말인가?"

"네."

한국에서도 중국이나 동남아에서 온 사람들을 아래쪽은 그다지 차별하지 않는다. 정확하게는, 차별하지 못한다.

그들을 써먹어야 하는 부분도 있고 그들이 위험한 것도 있으며, 한편으로는 그들과 부대끼며 살아야 하기 때문이다.

"하지만 윗선에서는 어쩌다 부딪치면 더럽다는 표현을 쓸 정도니까요."

"하긴……."

아무리 인건비가 싸도 절대로 부자들이 있는 곳에 그들은 들어가지 못한다. 그게 한국이다.

하물며 그러한 문화는 상당수가 일본에서 넘어오는 경우가 많다.

"말 그대로 버려졌군."

"그랬을 겁니다. 그렇다고 한국에 올 수는 없었겠지요."

"그가 친일파 변호사인 걸 아는 이상 좋은 일은 없겠지."

전국에 생방송된 사건은 아니니 모든 사람들이 알지는 못하지만 어찌 되었건 제법 유명했던 사건이다.

더군다나 의뢰인은 몰라도 다른 변호사들이나 판사들은 안다. 그러니 그에게 상대적으로 불리한 것은 당연한 일.

"그런데 미국 변호사 자격증까지 있을 거라고는 생각도 못 했습니다. 아니, 그렇게 똑똑한 인간이 뭐가 부족해서 매국질인지…….."

"그러게나 말이야."

송정한은 질려 버렸다는 얼굴이 되었다.

"필립 모리스의 주변 평가가 어떻던가요? 여기 온 지 얼마 되지 않았다고 하더라도 평가가 아예 없지는 않을 텐데요?"

"한마디로 '얍삽하다'입니다. 그리고 독종이다."

"얍삽하다?"

"자기가 질 만한 사건은 절대 안 합니다. 그리고 이길 것 같으면 악착같이 뜯어먹는답니다."

"흠……."

"요즘은 한국인들을 대상으로 열심히 일하고 있는 것 같은데…….."

"보통은 그게 이혼소송이죠?"

"네."

"그럴 것 같았습니다."

이혼소송은 아무래도 전 재산을 나누는 소송이다 보니 이겼을 때 성공 보수가 적지 않다. 거기에다가 기러기 가족으로 구분해서 산다는 것은 아무리 학구열이 대단하다고 해도 재산이 어느 정도 되지 않으면 불가능한 일이다.

즉, 이혼했을 때 나눌 재산도 그로 인해 받을 수 있는 돈도 많다는 의미이다. 그러니 그런 식으로 몇 번 하다 보면 수억씩 버는 건 일도 아닐 것이다.

여기에 있는 사람들은 대부분 몇 년 전에 온 사람들이니 한국에서 벌어진 일본군 성 노예 사건을 기억하는 사람은 없을 테니까.

설사 기억한다고 해도 아예 미국식 이름을 쓰는 그를 그 당시 변호사라고 생각하지는 못할 것이다.

"그러니 그들을 설득해서 소송하는 것은 어렵지 않겠지요."

더군다나 이렇게 머리가 좋은 사람이라면 송정한이 생각한 것과 동일한 생각을 했을 가능성도 높다.

'아니야…… 그럴 거야…… 그러니 여기까지 온 것이겠지.'

완벽하게 자신을 모르고 돈을 쉽게 모을 수 있으며 일거리는 지천으로 널린 곳.

말 그대로 그를 위해 준비된 곳이 바로 미국인 셈이다.

"그나저나 영주권은 언제 딴 거야?"

"글쎄요. 따는 게 쉬운 게 아닌데."

노형진은 혀를 내둘렀다.

하지만 생각해 보면 그가 그렇게 영주권까지 가지고 있는 게 이상한 것은 아니다.

한 번 배신한 사람이 두 번 배신하지 말라는 법은 없다. 자신의 이득을 위해 한국을 버렸는데 일본인들 못 버리겠는가?

"확실한 건 그 녀석이라면 이런 짓을 할 수 있다는 거지요."

이재곤이든 무카토 에이지든 필립 모리스든, 본질은 하나다.

매국노에 기회주의자. 그리고 그걸 실행할 만큼 똑똑한 녀석.

"일단은 그 녀석이 연관된 이상 쉬운 일은 아니겠군."

어찌 되었건 한국과 미국 그리고 일본에서 변호사 자격을 딸 정도로 머리가 좋은 놈이다. 그런 놈이 쉽지는 않을 것이다.

"글쎄요. 전 다르게 생각하는데요?"

"응? 그게 무슨 말인가?"

"변호사 자격을 따는 것은 성공했지만 제 방식의 가장 기본적인 공격법을 이해하지 못하고 있는 것 같더군요."

"가장 기본적인 공격법?"

"창의적이지 않아요."

이재곤, 아니 이제 필립 모리스가 된 그는 확실히 머리는 좋다. 하지만 그건 기본적으로 한국식의 암기 머리다.

"그의 계획을 보면 전혀 창의적이지 않아요. 지금까지 한 방법도 제가 과거에 썼던 방법들을 조금씩 바꾼 정도이지, 혁신적인 것은 아닙니다."

"그런가?"

"네."

한국에서는 창의력을 무시하는 경향이 있다.

하지만 창의력이 없으면 그의 신분은 똑똑한 노예 이상은 되기 힘들다. 새로운 시도를 해서 성공해야 하는데 매번 남이 시키는 것만 하는 사람이 새로운 걸 성공할 수는 없기 때문이다.

"그런 면에서 볼 때 이번 사건에서 그를 넘어트리는 가장 기본적인 곳은 그 자신이 아니라 안숙희와 그 아들인 서만승에게 있다고 보입니다."

"흠……."

"그럴까?"

"네, 기본적으로 이혼 재판이라는 개념이 치부 싸움 아닙니까?"

"끄응…… 그건 그렇지…….."

송정한은 껄끄러운 얼굴이 되었다. 노형진의 말이 맞기 때문이다.

기본적으로 이혼은 치부 싸움이다. 다른 싸움이 사실에 입각해서 배상받거나 불이익을 해결하는 것이 목적이라면 이혼은 다른 사건과 다르게 자신이 얻는 이익도 중요하지만 상대방에게 주는 피해도 중요하다.

"이혼 사건은 아무래도…… 좀 더럽지."

그래서 변호사들은 세상에서 가장 더러운 재판이 이혼이라고 한다.

단순히 감정적 도발과 분통이 터지는 일반 재판과 다르게 이혼은 막장의 끝을 보여 주기 때문이다.

"그런 면에서 이재곤, 아니 이제는 필립 모리스죠. 하여간 그 녀석은 실수한 게 있습니다."

"어떤 거 말인가?"

"자신의 의뢰인을 감추지 않았다는 것 말입니다, 후후후."

노형진은 이 이혼이 단순히 한국으로 가기 싫어서 한 게 아니라는 것을 느끼고 있었다.

⚖️

"어때?"

"역시 네가 말한 대로야."

손채림은 노형진에게 다가오면서 빙긋 웃었다.

"교회에 갔더니 별 이야기가 다 나오는데?"

"한국은 종교에 심취하는 성향이 크지. 그리고 미국에서 교회, 특히 한인 교회는 공동체의 중심이야. 그러니 무슨 이야기든 한 번은 그쪽을 통하게 되어 있지."

손채림을 데리고 온 이유가 바로 그 때문이다.

한인 교회는 외국인, 아니 미국인에게 약간 거리감을 둔다. 그래서 미국인이 탐사를 시작하면 입을 다물기 마련이다.

하지만 한국인, 더군다나 이번에 새로 이민을 온 젊은 여자라면 기꺼이 받아들여 준다.

"네 말대로야. 안숙희라는 사람이 바람피우고 있다는 것 같더라고. 그런데 어떻게 안 거야?"

"미국에 온 여자가 이혼하는 가장 큰 이유 중 하나가 바로 남편의 바람이야. 그런데 어차피 떨어져 있는 건 마찬가지거든. 그러면 여자는 바람 안 피우겠어?"

"그런가?"

"더군다나 감시하기는 한국이 더 유리하지. 그래서 남자가 이혼당하는 경우가 많은 것뿐이지, 그게 여자가 바람을 안 피운다는 증거는 되지 않아."

기본적으로 한국이 자국인지라 여자들이 원하면 남편을 뒷조사해 줄 사람을 구하는 것은 어렵지 않다. 흥신소는 계좌로 돈만 들어오면 다 해 주고, 주변 사람들도 적지 않으니까.

그에 반해 미국이나 해외에 있는 여자를 감시하는 것은 쉽지 않다. 당장 부탁할 만한 사람도 없거니와 섣불리 그러면 상대방의 귀에 들어가기 때문이다.

"특히 미국은 탐정이나 현상금 사냥꾼이 합법이기는 하지만, 반대로 합법이기 때문에 그런 게 조심스럽거든."

일단 계약을 통해서 정식으로 일해야 하는 만큼 당사자가 미국으로 와야 한다. 그런데 그게 될 리 없다.

"그러니 상대적으로 남자가 바람피우는 게 더 많이 걸리지. 그런데 경험상 피장파장이야. 아니, 여자 쪽이 좀 더 많을지도?"

"경험상?"

노형진은 아차 싶었다. 자신이 회귀 전 미국에서 살았던 것을 무심코 말해 버린 것이다.

"그냥 선배한테 들은 거야. 미국에 계신 분이 있거든."

"그래?"

"그래, 그런데 이야기는 어때?"

"일단은…… 이야기를 들어 보니 안숙희가 바람난 것은 사실인 모양이야. 근데 다들 예상은 하면서도 정확하게 알지는 못하는 모양이야."

"흠……."

노형진은 턱을 슥슥 문질렀다.

보통 여자가 바람나면 상대방이 누군지 알려진다. 그런데 알려지지 않았다는 것은…….

'극도로 조심한다는 소리겠지. 한국인은 아니군.'

상대방이 한국인이면 누군지 알려지거나 아예 바람피우는 것이 알려지지 않는 경우가 대부분이다. 극도로 조심하거나, 좁은 한국인 커뮤니티라서 알아채기 때문이다.

"아니, 그 아줌마는 나이도 있는데 웬 바람이야. 그 나이 먹고 바람피우고 싶을까?"

손채림은 들은 이야기를 전하면서 어이가 없다는 듯 말했다.

지난 며칠간 교회 아줌마들과 친하게 지내면서 이런저런 이야기를 했는데, 바람피우는 여자들 중 유학을 이유로 오는 여자들이 생각보다 많다는 것에 놀랐다.

"글쎄다……. 여러 가지 이유가 있지."

"여러 가지 이유?"

"그래. 일단 여자들이 상대적으로 서구의 여자들보다 동안이야."

미국을 비롯한 앵글로색슨 계열은 젊을 때는 무척이나 아름답지만 상당히 빨리 늙는 편이다. 더군다나 미국은 엄청나게 고칼로리 식단 위주로 엄청나게 살찐 사람이 많다.

그런데 동양계 여자들은 체구가 작아서 상대적으로 살이 많이 안 찌는 데다가 노화 역시 상대적으로 느린 편.

"그래서 무척이나 어려 보이거든."

더군다나 한국인들이 흑인을 잘 구분하지 못하듯이 그들도 한국인을 잘 구분하지 못한다.

즉, 나이가 많은지 적은지 확실하게 알지 못한다는 뜻이다.

"그런 의미에서 질 안 좋은 바람둥이들에게는 상당히 군침이 도는 표적이지. 더군다나 그들은 혼자 와 있어."

단체 이민의 경우라면 가족이 가까이 있다. 특히 남편과 매일 봐야 하기 때문에 조심스럽지만, 혼자 미국에 와 있는 엄마들이라면 쉽게 흔들린다.

"더군다나 미국은 한국과 문화가 달라. 아이들을 처음부터 끝까지 부모가 책임지는 게 아니라 부모는 최소한의 지원만 해 주고 아이들이 스스로 성장하게 하지. 자립을 위주로 교육하고. 그래서 아이들은 어느 정도 성장하면 외부에 나가서 많이 일해."

"그런가?"

"그래. 그런데 정작 그 학생들의 어머니들은 신분이 애매해지지."

일단 취업 비자로 들어온 게 아니기 때문에 일할 수는 없다. 그건 불법이고, 걸리면 미국에서 추방이다. 더군다나 돈은 한국에서 들어온다.

"그러면 슬슬 시선을 다른 곳으로 돌리기 시작하는 거야. 그러다가 안 좋은 쪽으로 가는 거지."

"헐. 그럼 남자는?"

"남자라고 별반 다르지 않아."

실제로 한국에 남은 남자들 중에 바람피우는 경우가 상당히 많다.

그나마 양심적인 수준이 술집에 가는 정도고, 아주 대놓고 집안에 여자를 들이는 사람도 적지 않다.

심지어 반대로 한국에 여자가 남고 남자가 미국에 오는 경우도 상황은 비슷해진다.

"남자가 영어를 잘하는 경우 취업 비자로 들어오기 쉽거든. 그렇다 보니 바람을 피울 만한 전형적인 요소가 다 들어가는 셈이지."

유혹하는 남자들과 경제적 풍요, 얼굴 보는 것이 거의 불가능한 부부 관계 등등.

"거기에다가 미국으로 유학을 올 정도면 기본적으로 자산이 어느 정도 있는 집안의 여자들이야. 당연히 동갑의, 일하면서 고생한 사람들보다 실제로는 나이가 어려 보이지."

그런 사람들은 피부 관리나 기타 관리를 많이 받는다. 투잡으로 아이들을 먹여 살리려고 하는 게 아니라 말이다. 당연히 나이가 상대적으로 어려 보인다.

"여러 가지 복합적인 문제네."

결국 이런저런 문제로 바람피우는 사람들이 많아지는 것이다.

'실제로도 이게 문제가 되기도 했고.'

이제 슬슬 일이 커지고 있는 시점이기는 하다.

하지만 회귀한 노형진 입장에서는 이 일이 얼마나 커지는지 알고 있었다.

나중에는 의심이 의심을 불러서, 미국에서 유학하는 과정에 바람피운 거 아니냐는 식의 싸움 때문에 이혼하는 부부가 있을 정도로 서로의 불신이 심해졌다.

'결국 경기가 안 좋아진 게 가장 큰 이유지만.'

하지만 이제 와서 자신이 막을 수 있는 성질의 일도 아니다.

"그래서? 아까 예상은 한다고 했지? 누구인 것 같아?"

"일단은 세 명이야."

"세 명? 헐."

"카를로스라고, 햄버거집을 하는 히스패닉계 사람이야.

미국 시민권이 있고. 다른 한 명은 피터슨이라고 하고, 백인이야. 그 사람도 시민권이 있고 작은 가게를 하는 있지. 다른 사람은 윌리엄스라고 하는 중동계 미국인이야. 세탁소를 하고 있대."

"공통점이 있군."

"시민권."

노형진은 고개를 끄덕거렸다.

그들이 어떻게 만났는지 알 수는 없다. 하지만 모두 미국 시민이라는 점은 안숙희가 뭘 노리는지 알 수 있는 부분이다.

"그냥 우연히 만났을 가능성은 없어?"

"없어. 사람이라는 것은 취향이라는 게 있거든."

"누군들 안 그렇겠어?"

"그래, 누구나 취향이 있지. 당연히 누굴 만나더라도 그 취향에서 크게 벗어나지는 않아. 그런데 그 세 가지 타입의 사람들을 봐 봐. 히스패닉에 백인에 중동계에, 전혀 동일한 취향이 성립할 수가 없다고."

"그럼?"

"아마도 취향과 상관없이 결혼할 가능성이 높은 사람을 선택할 거야. 목적은 단 하나, 결혼에 의한 시민권일 테니까."

대한민국과 마찬가지로 결혼하게 되면 그 나라의 시민권이 나온다. 그런 면에서 본다면 그녀의 행동이 이해가 간다.

"그들은 미국에서도 중산층에 속하는 사람이야. 자기 가게를 가지고 있을 정도면 아주 거지는 아니지. 그렇다면, 결혼만 할 수 있다면 시민권이 나올 가능성이 높다는 뜻이지."

"그런가?"

"그래. 혹시 그 사람들 주소 알아?"

"그건 몰라."

"그래?"

노형진은 그들에 대해 파고들어야 한다는 생각이 들었다. 그리고 그게 이번 사건을 해결할 결정적인 카드라는 느낌을 받았다.

"이들에 대해 조사하는 건 어려운 게 아니었습니다. 다들 시민권을 가지고 있고, 미국에서 오래 산 사람들이니까요. 카를로스는 이주해 온 사람이고 피터슨은 토박이입니다. 윌리엄스는 아버지 대에 온 사람이고요."

엠버에게 부탁하자 그녀는 그들의 가게에 대해 어렵지 않게 알아 왔다.

감춰진 가게도 아니고 대놓고 하는 곳인 만큼 그들을 찾아서 확인하는 것은 어려운 일이 아니었다.

"그런데 좀 뜬금없는 위치군요."

엠버는 고개를 갸웃했다.

그럴 수밖에 없었다. 그들이 자리 잡고 있는 위치가 자신이 예상하는 안숙희의 행동반경에서 좀 많이 떨어져 있었던 것이다.

"어디서 만났는지 알 수는 없었습니다."

"그건 중요한 게 아니니까요."

노형진은 그들의 가게를 지도상에 겹쳐 두고는 유심하게 보고 있었다.

"카를로스는 북쪽 끝, 피터슨은 동쪽 끝, 윌리엄스는 남쪽 끝이라……."

"그럼 도대체 이 사람들 중에서 누구야?"

손채림도 그걸 보면서 고개를 갸웃했다.

그들은 서로와 상당히 거리를 두고 있다. 그러니 누가 안숙희와 바람피우고 있는지 알 수가 없었다.

"아마도……."

노형진은 그걸 보다가 진지하게 입을 열었다.

"이들 모두일 가능성이 높지."

"뭐라고?"

"어떻게 될지 모르니까. 전에도 말했지? 미국은 결혼하게 되면 그 책임이 남자에게 주어져. 그래서 이혼하게 되면 아이들의 양육비뿐만 아니라 여자의 생활비도 줘야 하지. 그러니 지금이야 내연 관계로 좋다고 하지만 결혼까지 가지 않을 가능성도 충분히 있어. 그러면 안숙희는 어떤 선택을 해야 할까? 그녀의 목적은 단 하나, 미국 시민권을 얻는 것인데."

"그러면……."

잠시 생각하던 엠버는 고개를 끄덕거리면서 안숙희의 생각을 읽어 냈다.

"기회를 만들어 내려고 했겠군요."

"맞습니다. 그럴 가능성이 높습니다. 위치도 그렇고요."

"위치?"

"네. 보세요, 세 사람은 각각 안숙희를 기준으로 북쪽과 남쪽 그리고 동쪽의 끝에 위치합니다. 그들은 서로 생활 반경도, 작업 환경도 다릅니다. 세탁소는 야간에 많이 하고 햄버거집은 낮에 하지요. 가게의 경우는 스물네 시간인 경우가 많구요. 그러니까 절묘하게 서로 겹치지 않습니다. 더군다나 각 위치는 안숙희가 차를 몰고 가지 않으면 도달할 수 없는 곳이죠. 단순히 우연히 왔다 갔다 하다가 만날 수 있는 위치가 아니라."

"그럼 계획적으로?"

"그럴 가능성이 높지."

노형진은 안숙희가 그냥 우연히 만나서 사랑에 빠졌다고 생각하지 않았다.

그랬다면 자신의 행동반경에서 만났어야지, 이렇게 먼 곳에서 만나지는 않을 가능성이 높다.

"설마 그렇게까지?"

"물론 우연히 만나서 사랑에 빠져서 안 돌아가겠다고 하는 사람은 많습니다. 하지만 상황이라는 게 아무래도 좀 다르기 마련입니다."

"다르다?"

"네. 만일 우연히 만나서 사랑에 빠지고 결혼하고 싶다고 하면 일단은 상대방에게 죄책감을 느낍니다. 그럴 경우 이혼 해 달라고 요구하는 게 아니라 읍소하게 되죠. 그게 일반적 인 성향입니다. 더군다나 아이들이 가까이 있으니까 더욱 양 심의 가책을 느끼게 됩니다. 모성이란 대단하니까요."

손채림과 엠버는 고개를 끄덕거렸다.

자신이 생각해도 그런 일이 생긴다면 일단 죄책감이 우선 시될 것 같았던 것이다.

"그에 반해 이번 사건은 안숙희가 소송을 먼저 걸었고 함 정을 팠습니다. 죄책감이 느껴지지 않습니다. 즉, 계획적이 라는 이야기지요."

"그러니까 다른 사람을 만나려고 한 이유도 계획적일 것이다?"

"그렇지요."

궁극적인 목적은 미국의 영주권. 그것만 받을 수 있다면 다른 건 필요 없다는 소리다.

"또 나이 탓도 있구요."

"나이 탓?"

"안숙희의 나이가 벌써 40대 후반입니다. 그 나이가 되면 아무래도 불타는 사랑 같은 건 느끼기 힘들어집니다. 더군다나 아이까지 있다면요."

"노 변호사님이 그걸 어떻게 아세요?"

노형진은 왠지 씁쓸했다. 겪어 봤으니 안다고 말하기 참 어색했기 때문이다.

"다들 그렇게 말하고는 하잖습니까? 나이 먹으면 불타는 사랑은 못 한다고."

"하긴."

다행히 손채림 역시 그런 말을 많이 들은 것인지 순순히 수긍을 했다.

"잠깐만…… 북쪽에 하나, 동쪽에 하나, 남쪽에 하나. 그러면 서쪽에 하나 더 있는 거 아냐?"

"그럴 수도 있지. 일단 어느 쪽이 청혼할지 모르니까."

안숙희의 목적이 시민권이라고 가정한다면 그건 시민권을 가진 사람이 청혼할 때 성공했다고 할 수 있는 것이다. 그러니 가능한 다른 사람이 있을지도 모르는 법.

"나라면 동서남북에 거리를 두고 안전하게 만들겠어."

"그러면?"

"그래. 그들 중 누군지 모르지만 거의 작업이 끝났다는 거지. 아마도 청혼을 받았겠지."

엠버는 얼굴을 찌푸렸다.

"전 결혼이라는 게 사랑의 결실이라고 생각했는데 이 여자는 아닌가 보군요."

"애석하게도 그런 것 같네요."

"그게 무슨 결혼이야? 성매매지."

듣고 있던 손채림조차도 어이가 없었던지 한마디 했다.

사실 그녀의 말이 틀린 것도 아니기 때문에 노형진은 그저 씁쓸하게 웃을 수밖에 없었다.

"어찌 되었건 그녀가 결혼을 목적으로 여러 사람에게 접근한 건 확실한 듯하군요."

노형진은 안숙희에 대해 생각하면서 머릿속에서 작전을 짜기 시작했다.

'보아하니 모리스는 설마 서규태가 여기까지 올 거라는 걸 예상하지 못한 모양이군. 아니, 온다고 해도 이런 식으로 파고들 거라 예상은 못 했겠지.'

미국에 대해 거의 아는 것이 없는 서규태가 직접 온다고 해도 충분한 증거를 모을 수는 없다. 더군다나 간통죄가 없는 미국에서 서규태가 경찰을 끌어들일 수는 없는 노릇.

'머리가 좋기는 하지만 변수에 대한 적응력이 좋지 않아.'

암기력이 좋아서 노형진의 방식을 따라 할 수는 있지만 그런 식의 대처는 이런 돌발적인 변수에는 제대로 대응하지 못하는 성향이 강하다.

그리고 그 부분을 건드리면 자신들은 어렵지 않게 이길 수 있을 듯했다.

"일단은 그들과 만나서 이야기해 보는 게 좋겠군요."

"그들과요?"

"네. 저라면 청혼받았다고 바로 그들과 헤어지지는 않을 겁니다. 결혼까지는 넘어야 하는 산이 많으니까요."

"이혼부터 해야 하니까요."

노형진은 고개를 끄덕거렸다.

"카를로스?"

노형진은 햄버거집을 한다는 사람을 일단 찾아갔다.

유명한 체인점은 아니지만 그래도 지역에서는 나름 팔리는 작은 규모의 햄버거 가게였다.

"누구십니까?"

"노형진이라고 합니다. 한국의 변호사입니다. 이쪽은 손 채림이고, 절 도와주는 사람입니다."

"엠버입니다. 드림 로펌의 수석 변호사를 하고 있습니다."

카를로스는 움찔했다.

그럴 수밖에 없는 게, 미국은 밥 먹고 나서 소송한다고 할 만큼 소송이 넘치는 나라다. 그러니 어디서 어떻게 소장이 날아올지 모르는 것이다.

"우리 음식은 멀쩡합니다."

카를로스가 가장 먼저 생각한 것은 음식에 문제가 있었던 누군가 자신을 고소하는 것이었다. 실제로 그런 일도 흔하게 있는 편이고.

"아, 음식 때문에 온 게 아닙니다. 우리는 안숙희 씨 사건으로 왔습니다."

카를로스의 눈썹이 꿈틀하더니 그대로 일그러지기 시작했다.

'이 사람은 아니군.'

보아하니 이 사람과는 잘되지 않은 모양이었다.

아니나 다를까, 그는 마구 화내면서 자신의 가게로 들어갔다.

"뭐라고? 그년 이야기를 왜 해! 죽기 싫으면 꺼져!"

당혹스러운 행동에 엠버는 어이없어하는 얼굴이 되었고 상황을 알아챈 노형진은 피식 웃었다.

"일단 이 사람은 아닌 것 같군요."

"어떻게 할까요? 그러면 다른 사람을 불러 볼까요?"

"그럴 리가요."

노형진은 피식 웃으면서 안으로 들어갔다.

"우리가 저쪽에 도움이 안 된다고 해서 저쪽도 우리한테 도움이 안 되리라는 법은 없지요."

"네?"

"일단 흔들어 보자는 겁니다."

노형진이 안으로 들어가자 카를로스는 막 주방에서 앞치마를 두르고 고기를 다지고 있었다. 그리고 노형진이 들어오

콩가루 집안이네 **181**

는 걸 보고는 그대로 칼을 들고 으름장을 놨다.

"꺼져! 안 꺼져?"

하지만 노형진은 그 모습에 눈도 깜짝하지 않았다. 그 정
도 협박은 흔하게 받았기 때문이다.

노형진은 대신에 그를 바라보면서 자신의 명함을 내밀었다.

"전 안숙희 씨의 남편인 서규태 씨의 한국 지역 소송을 담
당하고 있습니다. 이쪽 엠버 씨는 미국의 소송 대리를 하고
있고요."

"그래서 뭐? 난 안숙희라는 사람 몰라."

아니나 다를까, 모른 척하는 카를로스.

그러나 그의 행동은 이미 안숙희를 안다는 걸 인정한 후였다.

"그래요? 그러면 바로 소송으로 들어가겠습니다. 일단 바
람피우신 건 사실이니 배상금은 적지 않을 겁니다."

"헉!"

배상금 이야기가 나오자 눈이 커지는 카를로스.

노형진은 그런 카를로스를 보면서 슬쩍 찔렀다.

"바람피우셨으면 그 정도 각오는 하셨어야지요. 애석하게
도 서규태 씨는 한국에서 상당한 재력을 가지고 계신 분입니
다. 그런 분이 제대로 화가 나셨어요. 그냥은 못 넘어가실 겁
니다."

"잠깐만, 재력이라니……. 난 그런 소리 못 들었다고요!"

"그건 중요하지 않죠. 당신이 안숙희 씨와 바람피우셨으

니 소송에 대한 준비가 끝난 거 아니겠습니까? 소송할 각오도 안 하고 유부녀랑 바람피우셨단 말입니까? 이거, 이 가게 팔아서 그 배상비나 나올까 모르겠군요. 건물은 당신 겁니까? 아니라고 하면 이거 팔아도 돈이 안 될 것 같은데요?"

카를로스는 정신이 아득해졌다.

가진 거라고는 허름한 햄버거 가게 하나뿐이다. 그나마 건물도 자기 건물이 아니다.

만일 소송이 들어온다면 자신은 질 수밖에 없고, 그러면 햄버거 가게를 빼앗기는 것 말고는 다른 결말이 있을 수가 없다.

'그리고 미국은 철저하게 극단적 자본주의국가이지.'

아메리칸드림이라고 말들을 하지만 미국은 극단적 자본주의국가다. 만일 카를로스가 여기서 무너지면 재기의 기회를 주지 않는다.

하물며 그는 백인도, 주류도 아닌 히스패닉. 미국 내에서는 하위층으로 분류되는 셈이다. 아닌 척하지만 여전히 인종차별이 있는 것이 미국이니까.

"잠시만요. 난 몰랐습니다. 진짜예요."

아니나 다를까, 겁을 주기 시작하자 바로 발을 빼기 시작하는 카를로스.

그는 후다닥 자신의 앞치마를 벗어 던지고는 바깥으로 나왔다.

'역시나.'

노형진은 피식 웃었다.

이 지역은 그다지 잘사는 지역이 아니다. 그렇다 보니 사람들이 좀 극단적인 부분이 있다. 그래서 화가 나는 대상을 만나면 일단 화부터 낸다.

물론 그건 자신에게 피해가 오기 전까지만이다.

"모르다니요. 바람피운다는 게 무슨 뜻인지 몰랐단 말입니까? 그게 말이나 됩니까? 그건 재판부에 가서 말하십시오. 일단 저희는 소송을 통지하기 위해 온 것뿐이니까요."

노형진이 더 이상 말하지 않고 몸을 돌리려고 하자 카를로스는 다급해졌다.

그럴 수밖에 없는 게, 피해 배상금이라고 눈곱만큼밖에 인정해 주지 않는 대한민국의 법원과 다르게 미국의 법원은 피해 배상의 금액이 적지 않기 때문이다. 만일 그게 인정된다면 그는 파산한다.

그는 입구에 가서는 잽싸게 가게가 닫혀 있다고 팻말을 바꾸더니 가게 안에 있는 사람들에게 소리소리 지르기 시작했다.

"꺼져! 안 꺼져!"

"우우, 카를로스 된통 걸렸네."

"꺼지라고!"

손님들은 대부분 단골이었던 건지 피식거리면서 가게에서 나갔고, 비어 버린 가게에서 카를로스는 노형진과 엠버를 진정시키려고 했다.

"가지 마시고 잠시만 제 말을 들어 보세요."

허겁지겁 매달리는 카를로스.

그는 가장 가까운 자리를 권했고, 노형진은 그런 그의 행동에 어쩔 수 없다는 듯이 자리에 앉았다.

카를로스는 목이 마른 듯 콜라 한 잔을 가지고 와서는 쭉 들이켜더니 한숨을 팍 쉬었다.

"나도 속았습니다. 그년이 저한테 이야기할 때는 이혼녀라고 했단 말입니다."

"이혼녀라고요?"

"네."

드디어 드러나는 진실.

노형진은 슬쩍 녹음기를 꺼내 들었다. 카를로스도 그걸 알았지만 어차피 자신이 해야 하는 말이기 때문에 신경 쓰지 않았다.

"녹음하겠습니다."

"네."

"그러니까 그쪽에서는 이혼녀라고 접근했단 말이지요?"

"네. 한국에서 왔는데, 이혼해서 아이 둘을 힘들게 키우고 있다는 식으로요."

"그래요?"

"네."

이야기를 들어 보니 노형진의 예상대로 그녀는 카를로스에게 처음부터 계획적으로 접근한 것이 확실했다.

이혼녀라고 자신의 신분을 속였을 뿐만 아니라 가끔 음식도 해 주면서 환심을 사려고 했다는 것이다.

"제 나이가 벌써 마흔둘입니다. 그런데 아직도 혼자예요. 그런데 대놓고 좋다고 하는 여자가 있는데 싫다고 하겠습니까? 그년이 뒤통수를 칠 때까지 난 전혀 몰랐습니다."

"뒤통수를 쳤다?"

"네, 다른 사람이 생겼다면서 헤어지자고 하더군요."

"붙잡으려고 하지 않으셨습니까?"

"했지요. 그런데 들은 척도 안 하더군요."

"그때가 언제인가요?"

"대략 네 달 전입니다."

"네 달 전이라……."

그러면 대략 이혼하고자 하는 시기와 맞다.

'누군지 모르지만 제대로 성공한 모양이군.'

"그래서 어떻게 하셨습니까?"

"어떻게 하기는요, 포기해야지. 사실 내 처지에, 30대 초반 여자랑 결혼한다는 게 말도 안 되는 소리였어요."

"뭐라고요?"

노형진은 말을 듣다가 순간 피식하고 웃음이 나왔다.

"왜 그러시나요?"

"지금 30대 초반이라고 하셨습니까?"

"네."

"하하하하."

너무나 어이가 없어서 웃음이 나오는 말이었다.

물론 노형진 자신이 봐도 안숙희가 좀 젊어 보이기는 한다. 하지만 그건 어디까지 좀 더라는 거지, 30대 초반은 아니다.

'제대로 낚았네.'

상대적으로 동안인 아시아계에 피부 관리까지 제대로 받았으니 속이는 게 가능했을지도 모른다.

그래도 그렇지, 30대 초반이라니.

"그 사람 나이가 벌써 48세입니다."

"네?"

"안숙희 씨 나이가 48세라고요. 30대 초반이 아니라."

입을 쩍 벌리는 카를로스. 그리고 이를 빠드득 갈기 시작했다.

"이 미친년이!"

"그거 법원에서 증언해 주실 수 있습니까?"

"증언요?"

"우리 입장에서는 당신이 증언해 준다면 당신을 고소할 이유가 없거든요."

카를로스는 고개를 열심히 끄덕거렸다.

"얼마든지 하겠습니다. 나한테 그렇게 거짓말을 하다니,

절대 용서할 수 없습니다.”

　카를로스의 말에 노형진은 계획을 세우면서 얼굴에 미소를 떠올렸다.

삐뚤어진 사랑의 결말

"역시나……."

노형진은 카를로스를 처음으로 해서 다른 사람들을 한 명씩 한 명씩 찾아다녔다. 그리고 결과를 알아낼 수 있었다.

"한 명씩 한 명씩 신분 등급이 높아집니다. 카를로스는 미국인이기는 하지만 하층민에 속하고, 피터슨은 백인이기는 하지만 중산층, 윌리엄스는 세탁소를 한다고 하지만 부유층에 들어가더군요."

"아니, 왜 이런 식으로 만난 거야?"

"안전을 위해서지요. 만난 시간을 나열하면 카를로스를 가장 먼저 만났고 그다음이 피터슨, 마지막이 윌리엄스입니다."

즉, 그녀는 확실하게 하기 위해 자신에게 시민권을 줄 수 있는 홀아비를 만나면서 점점 부자인 사람들을 고른 것이다.

"윌리엄스는 세탁소 한다고 하지 않았어? 그런데 부자였다고? 난 세탁소는 가난한 사람이 하는 건 줄 알았는데?"

손채림은 고개를 갸웃했다.

영화에서 보면 한국인들이 가장 많이 하는 것이 세탁소다. 그리고 그다지 돈이 되는 업종은 아니다.

"상대적인 거지. 세탁소라고 하지만 체인점 형식으로 되어 있더군. 윌리엄스는 아버지 대에 미국에 와서 미국 시민권을 취득했어. 너도 알다시피 미국은 중동 쪽 사람들을 무척이나 경계하지. 그런데 그렇게 쉽게 시민권을 딴 이유가 뭐겠어? 당장 안숙희가 위장 결혼까지 하면서 따려고 하는 게 시민권인데."

"음……."

손채림은 이유를 알지 못하고 고민을 했다.

하지만 송정한은 듣는 것만으로 이유를 알아차렸다.

"오일 머니군."

"네, 맞습니다. 아버지 세대가 무척이나 부자인 모양이더군요. 뭐, 재벌급의 부자는 아니지만요."

그리고 그들은 윌리엄스에게 세탁소 체인을 넘겨준 것이다. 그것만 해도 충분히 먹고살 수 있다는 뜻이리라.

"하지만 그들 모두가 결혼하지 못했다는 건 의외군요. 도대체 어디서 추적해야 할지 모르겠습니다."

이것이법이다

엠버는 걱정스럽게 말했다.

아무리 찾아도 안숙희와 그 가족들은 찾을 수가 없었다. 아마도 만일을 대비해서 꽁꽁 숨어 버렸을 것이다.

"글쎄요……. 조만간 그들의 꼬리가 드러날 겁니다."

"다른 곳에 부탁하신 게 있나요?"

"네, 뭐 어려운 부탁은 아니니까요."

노형진은 그들이 모습을 드러낼 거라는 것을 확실하게 예측하고 있었다. 문제는 제4의 남자의 신분이었다.

"문제가 되는 건 청혼을 한 남자의 신분입니다. 그는 신분이 드러나지 않았습니다. 그렇다는 건, 다른 사람들과 다르게 그도 조심한다는 뜻이지요."

"확실히……."

카를로스, 피터슨 그리고 윌리엄스 모두 안숙희와 결혼을 하지 못했다. 다들 무참하게 차였다고 했다.

그런데 안숙희가 그렇게 결정했다는 것은 확실하게 결혼할 다른 곳이 생겼다는 뜻이라는 소리다.

"하지만 대충 찾을 수는 있을 것 같습니다."

"어떻게요?"

"지형적인 방식이죠."

노형진은 미리 준비한 지도를 회의실에 펼쳤다. 그리고 색연필을 꺼내서 도시의 북쪽과 동쪽 그리고 남쪽에 동그라미를 쳤다.

"안숙희는 발각에 대비해서 생활환경이 겹치지 않는 도시의 각 끝에서 대상을 선택했습니다. 그들에게 접근해서 그들의 환심을 사고 시민권을 받아 낼 가짜 결혼의 희생양으로 삼으려고 했지요."

"그런데요?"

"그런데 그녀는 점점 부자 쪽으로 등급을 올렸습니다. 카를로스의 경우 솔직히 가진 게 없기 때문에 안숙희가 결혼하자고 하면 100% 했을 겁니다. 피터슨은 백인 중산층이라 될지 안 될지 확실하지 않고요. 윌리엄스는 중동계라서 상당히 가부장적이기는 하지만 가장 돈이 많았습니다."

"결국 가능성과 돈이 반비례하는군요."

"그렇지요. 그런데 그들은 모두 거절당했습니다. 그렇다는 건 단 하나, 그보다 더 돈이 많은 남자를 잡았다는 뜻이지요. 그리고 우리는 그녀가 북쪽에서 시작해서 동쪽을 지나 남쪽을 거쳐 간 걸 알고 있지요."

"그럼 이번 남자는 서쪽이군."

송정한은 심각한 얼굴로 지도를 바라보았다.

원이 그려져 있지 않은 유일한 지역. 그 지역 어딘가에 그 남자가 있을 테고, 그 남자의 집에 함께 있을 가능성이 높다.

호텔이라면 자신들의 감시에 걸리지 않았을 리 없으니까.

"하지만 그래도 너무 폭넓지 않나요?"

"넓다면 넓지요. 하지만 우리는 안숙희가 그동안 돈 많은 남자를 노린 걸 알고 있습니다. 즉, 윌리엄스보다 돈이 많은 사람이라는 뜻이지요."

"흠······."

그러면 확실히 반경은 줄어든다.

그렇다고 해도 여전히 사람이 많은 곳이 서쪽 방향이다.

"그중에서 여러 사람이 살 수 있는 곳일 겁니다. 일단 두 아이가 함께 들어가야 할 테니까요."

"아!"

그렇다면 아파트 같은 곳은 아닐 것이다. 아무래도 결혼도 하지 않은 상태에서 함께 산다는 것은 부담스러울 테니까.

더군다나 한 명은 여자아이. 그러니 따로 방을 줘야 한다.

"그렇다면 한 곳이 있군요. 젝슨가입니다."

엠버는 노형진에게서 연필을 받아서 한 구역에 원을 그렸다.

"이곳은 적당한 부자들이 제법 살지요. 대저택은 아니지만, 그래도 집 내부에 자그마한 풀장 정도가 딸려 있을 수준은 됩니다."

"그곳이군요."

"풀장이라고?"

송정한은 깜짝 놀랐다.

그 정도로 비싼 집에 사는 남자가 안숙희에게 속는다는 게 신기한 모양이었다.

"그 정도 되는 집은 아주 비싸지는 않습니다. 솔직히 말하면, 엠버 정도 수익이면 살 수 있습니다."

"엥?"

"이곳은 외곽 지역입니다. 그래서 땅값이 싸지요."

"그래도 수영장까지 딸린 집인데……."

"그건 상대적인 겁니다. 미국은 아무래도 한국에 비해서 무척이나 땅값이 쌉니다. 더군다나 외곽 지역이니까요."

그렇다 보니 외곽 지역이라고 해서 무조건 비싼 건 아니다.

물론 애초에 저택이라는 개념상 마냥 싼 건 아니지만 그렇다고 생각도 못 할 만큼 비싼 저택은 그다지 많지 않다.

"한국에서 아파트를 팔면 유럽에서는 오래된 고저택을 살수 있다고 하죠. 타워폴리스 같은 아파트는 그거 팔면 성을 살 수 있다고 하고요."

"그건…… 나도 들어 본 적 있네."

"네, 그겁니다. 여기는 외곽 쪽이고 땅값이 좀 싼 편이니까 아마도 재산의 규모를 보면 엠버 정도면 충분히 살 수 있을 겁니다. 한국으로 치면 서규태 씨보다 살짝 위 등급 정도라고 보시면 됩니다."

대충 위치가 예측되기는 하지만 중요한 건, 그렇다고 해도 여전히 사람들이 어디에 있는지는 찾기 힘들다는 것이었다.

"그 부분은 우리가 아니라 다른 사람이 찾아 줄 겁니다."

"누구 말인가?"

"기다려 보세요, 후후후."

며칠 뒤 노형진의 말대로 다른 사람, 즉 로빈이 자료를 가지고 왔다.

"여기 있습니다. 여기저기 자료를 구해 봤는데요."

아니나 다를까, 로빈은 안숙희의 카드 내역 같은 걸 소상하게 찾아왔다.

"애석하게도 그 가족이 어디 있는지는 저도 못 찾겠네요."

"하지만 학교에서는 실적이 있을 텐데요?"

로빈은 땀을 닦으면서 고개를 끄덕거렸다.

"한 놈이 있더군요. 존슨이라고 하는 놈입니다. 원래는 미식축구부에 있다가 행실이 좋지 않아서 쫓겨난 놈입니다."

"거래하던가요?"

"하는 걸로 추정됩니다. 하지만 학교 내부에서 하지는 않더군요."

"거래?"

로빈을 모르는 송정한은 고개를 갸웃했고, 노형진은 그런 송정한에게 자신의 의뢰 사항을 이야기해 줬다.

"여기 로빈 씨에게 학교 내에서 마약을 파는 녀석을 찾아 달라고 했습니다."

"뭐라고? 마약? 고작 고등학생인데?"

깜짝 놀라서 눈이 커지는 송정한.

그런 모습에 로빈은 피식 웃었다.

"한국이 상대적으로 미국보다 마약 안전국이라는 소리는 들었습니다. 미국은 마약을 쉽게 구할 수 있습니다. 길거리에서 조금만 찾아보면 파는 놈들이 있어요. 그리고 소량이지만 고등학교 내부에서 판매하는 거래책도 있고요."

"그러면 그 존슨이라는 녀석이?"

"네, 그 녀석이 애초에 미식축구부에서 잘린 게 그 문제로 두 번이나 걸려서 그런 거니까요."

미국에서 마약은 심각한 문제다. 정부에서도 어떻게 해서든 마약을 근절하려고 하지만 그게 거의 불가능에 가까운 수준.

"아무리 그래도 그렇지, 고작 고등학생이 마약이라니……."

"중학생 중에도 하는 놈이 있는데요, 뭘."

"헐."

기가 막혀서 혀를 끌끌 차는 송정한.

하지만 노형진은 그들이 마약을 하든 말든 관심이 없었다.

"그런데 그 녀석이 어디서 거래합니까?"

"에코 거리에서 합니다. 주로 자기 또래의 학생들이 대상입니다."

"그게 돈이 된다고? 마약은 비싸지 않나?"

노형진은 고개를 흔들었다.

"그렇지 않습니다. 물론 마약이 비싸기는 하죠. 하지만 이렇게 학생에게 분배되는 마약은 싸요. 마약 조직의 입장에서는 이 녀석들이 중독되어서 성인이 되면 더 큰 돈을 가지고 올 걸 알기 때문에 좀 많이 깎아 줄걸요."

로빈이 고개를 끄덕거렸다.

"맞습니다. 아이들은 마약에 대한 저항성이 낮지요. 싸게 마약을 공급하면 나중에 자연스럽게 마약중독자의 길로 가 버리니까요."

"무섭군……."

"마약을 파는 놈들은 그냥 범죄자가 아닙니다. 그들은 마피아고 하나의 기업이나 마찬가지이지요."

그런 상황에서 존슨 같은 녀석들은 훌륭한 미끼다. 현재 고등학생이고 학생들과 접하기 쉽다.

더군다나 한국에서 일진들이 고등학생들에게 추앙받듯이 추앙받았던 미식축구부원이다. 그런 그와 어울리면서 마약한 사람이 한두 명이 아닐 것이다.

"아마도 그 말고도 미식축구부에서 잘린 애들이 더 있을 텐데요?"

"두 놈이 더 있습니다."

노형진은 고개를 끄덕거렸다.

그 말인즉슨 일종의 세력이 형성되었다는 것.

"그 녀석들은 세력을 만들고 학교 내부에 저렴한 가격으로 마약을 공급하죠. 뭐, 학생으로서는 적지 않게 벌 수 있습니다."

"그 대신에 공급 업자는 나중에 확실한 손님을 잡을 수 있고 말이지."

"네."

물론 고등학교를 졸업한 후에 다시 그들에게 찾아가 봐야 그들 역시 고등학교를 졸업했기 때문에 학생이 아니라서 비싼 가격에 팔기 시작한 후다.

"우리나라에서 소주 모델로 어린 여자들을 쓰는 이유와 같은 거죠."

어릴 때 접할수록 중독성은 강해진다.

"그리고 제 생각에는, 서만승은 이미 중독 상태일 겁니다. 그렇지 않다면 이 거짓말에 동참할 이유가 없지요."

"하긴…… 자네 말이 맞는 것 같군."

만일 멀쩡한 상황이라면 이런 짓거리를 하는 어머니에게 대항했을 것이다. 그런데 엄마와 더불어서 위증할 정도면 상당히 심각한 중독일 것이다.

"더군다나 그 녀석은 집안에서 유일하게 남자입니다. 가정 폭력의 흔적을 만들 수 있는 유일한 녀석이라는 거죠."

"주범이라는 건가?"

"네."

송정한은 심각한 얼굴이 되었다.

"일단은…… 제가 구한 정보는 여기까지입니다."

노형진은 로빈에게 계산을 마친 후 바로 자리에서 일어났다.

"이제 그 녀석들을 추적하면 될 것 같군요."

"그 녀석들을?"

"미국에서 증인 보호 프로그램을 할 때 골치 아픈 것 중 하나가 바로 마약입니다. 마약에 빠진 증인이 마약을 구하러 왔다가 신분이 걸리는 거죠. 그 정도로 중독성이 강한 물건인데 고등학생이 조용히 집에서 지낼 거라 생각하는 건 아니시죠?"

"그렇기는 하겠네."

당연히 어떻게 해서든 마약을 구하려고 할 것이다.

더군다나 누구에게서 마약을 싸게 구할 수 있는지도 알고 있는데 주저할 리 없다.

"그러니 존슨인지 뭔지 하는 녀석들을 감시하고 있으면 언젠가는 마약을 찾으러 올 겁니다, 후후후."

노형진의 계획은 간단했다.

어차피 나올 거, 적당히 살피면 된다는 것이다.

그리고 얼마 후 노형진은 자신의 예상대로 존슨을 찾으러 온 서만승을 볼 수 있었다. 겨울이랍시고 모자를 눌러쓰고 마스크까지 푹 뒤집어쓴 그였지만 황인종 특유의 눈매는 감출 수가 없었다.

"저 녀석이군."

노형진은 다가와서 잠깐의 대화 후 뭔가를 받아 가는 남자를 보면서 확신했다.

그는 전문 마약쟁이치고는 잔뜩 긴장한 모습이었다.

"이제 따라가는 거야?"

"일단은."

노형진은 그를 따라서 천천히 움직이기 시작했다.

서만승은 그것도 모른 채로 지하철과 버스를 타고 집으로 향했다. 그는 자신의 품 안에 있는 뭔가를 꽉 쥐고 무척이나 경계하는 눈빛이 뚜렷했다.

"대놓고 마약한다고 해라, 쯧쯧."

노형진은 그런 그의 모습에 혀를 끌끌 찼지만 워낙 마약중독자가 많은 미국이다 보니까 그런 모습이 흔한 것인지 대부분은 그다지 관심을 가지지 않고 스치고 지나갔다.

그렇게 얼마나 갔을까. 핸드폰이 울리자 노형진은 전화를 받았다.

"노형진입니다."

-엠버입니다. 확인했습니다. 따라붙겠습니다.

"그럼 저희는 빠지지요. 다음 조는 준비되었나요?"

-랙싱턴가에서 교대할 겁니다.

"네, 감사합니다. 놓치지 않게 조심해 주세요."

-그러지요.

"우리는 이쯤에서 빠지도록 하지."

감시라는 것은 조심스러운 과정이다.

영화처럼 혼자서 처음부터 끝까지 따라다니면 눈치챌 확

률도 높아진다. 더군다나 지금처럼 잔뜩 긴장한 대상으로는 더더욱 조심스럽다.

그렇기 때문에 노형진은 그곳에서 서쪽에 있는 젝슨가에 가는 길에 감시 팀을 교대하도록 배치했던 것이다.

"놓치지는 않겠지?"

"그러지는 않을 거야. 그리고 어차피 네 번째 감시 팀은 젝슨가의 정류장에 있으니까, 우리 예상이 틀리지 않는다면 우리가 놓쳐도 그곳에서 발견될 테고."

그렇게 되면 집을 찾을 수 있을 테니 그 이후에 사건을 해결하는 것은 어렵지 않은 일이다.

"이번 일은 너무 쉬운 거 아냐?"

"뭐가?"

"그냥 그런 느낌이 들어서."

"모든 사건이 이런 건 아니지만……. 어쨌거나 장기적으로는 무척이나 돈이 될 만한 사건이야."

"좀 서글프기는 하다."

멀어져 가는 서만승을 보면서 손채림은 안타깝다는 듯 중얼거렸다.

어떻게 보면 이혼은 불행이다. 그런데 그런 걸로 자신들은 이득을 챙겨야 한다니.

"그렇게 생각할 게 아니지. 결국 이혼할 사람은 하게 되어 있어. 그 와중에 도리어 함정에 빠져서 피해자임에도 불구하고 손해를 보면서 이혼하는 사람들도 많아."

"그런가?"

"그래. 생각보다 그런 사람들 많아. 우리가 이혼하지 않으려고 하는 사람을 속여서 이혼시키려고 한다면 나쁜 놈들이지. 하지만 저들은 이혼하려고 하는 상황이잖아. 더군다나 일방적으로 남자가 속고 있는 상황이고. 이런 상황은 도와주는 거지, 서글퍼할 게 아니라고."

"그렇기는 하지만."

손채림은 왠지 이혼이라는 것이 마음에 들지 않았다. 그럴 거면 왜 결혼을 했나 싶기도 했다.

"슬퍼도 어쩔 수 없어. 이혼도 다른 사건들처럼 똑바로 봐야 하는 현실이야. 서글프고 없으면 좋겠지만, 피할 수 없는 현실이지."

"하아."

"재판 현장 한번 가 봐라. 아마 그 한숨이 쏙 들어갈 거다. 거기서 펼쳐지는 활극을 보면 진짜 대책 없다는 소리가 절로 나온다."

그렇게 노형진의 일장 연설이 길어지는 사이 시간이 지나고 그들 앞으로 한 대의 차량이 다가왔다.

그 차량의 창문이 열리면서 모습을 드러낸 사람은 다름 아닌 엠버였다.

"타시죠."

"찾았습니까?"

"네."

"역시나."

노형진의 예상대로 서만승은 어느 집으로 들어갔다고 한다.

네 번째 팀에 들어가 있는 송정한이 그 집을 확인하고 연락했다고 한다.

"확실하게 그 집이 맞답니까?"

"네. 촬영까지 했으니 확실할 겁니다. 일단 그 집에 대해 조사해 보라고 했는데……."

핸드폰으로 순식간에 날아온 조사 내역을 확인하는 엠버.

그녀는 동료가 운전하는 사이 뒷좌석에 앉아 있는 노형진과 손채림에게 조사 내역을 말해 주기 시작했다.

"반룽이라는 사람의 집입니다. 중국계 미국인이고, 중국에서 미국에 물건을 수입하는 업체를 운영한답니다."

"나이가 많을 것 같군요."

"어떻게 아셨습니까?"

노형진의 말에 엠버는 깜짝 놀랐다.

자신은 나이에 대해 말하지도 않았는데 노형진의 예상이 정확하게 맞아떨어졌던 것이다.

"현재 65세입니다. 적은 나이는 아니죠. 아는 사람이셨습니까? 아니면 다른 정보원이라도?"

"아닙니다. 하지만 중국인이라면 아시아인이니까요."

"네?"

"카를로스는 히스패닉, 피터슨은 앵글로색슨, 윌리엄스는 중동 계열입니다. 그들은 아시아인에게 익숙하지 않지요. 그래서 안숙희의 진짜 나이를 감 잡기 힘들었을 겁니다. 하지만 반룽은 중국인, 즉 아시아인입니다. 그러니 그녀가 아무리 젊게 산다고 해도 진짜 나이를 완벽하게 속일 수는 없지요."

"그런데요?"

"동양계에서 나이 많은 남자가 젊은 여자를 차지하는 것은 일종의 트로피 같은 개념입니다. 특히 중국같이 급속도로 성장하는 곳은 더더욱 그렇지요."

실제로 성공한 남자들은 수백수천만 원씩 젊은 여자들에게 주면서 스폰이라는 것을 한다. 물론 그 스폰이라는 것에는 성적인 대가가 따르기 마련이다.

"하지만 나이가 60대라고 하면 그 트로피도 한계가 있지요. 저 정도 재산에 20~30대 초반의 아가씨들이 매달리지는 않을 테고, 더군다나 미국은 상당히 자립심이 강하도록 키우니까 미국 아가씨들은 그런 식으로 돈을 보고 오는 성향도 좀 낮은 편이구요."

"그래서 적당한 것이 40대의 이혼녀라는 건가요? 어이가 없는 이유군요."

엠버는 기가 막혀서 말이 안 나왔다.

고작 자랑하기 위해 여자를 만난다는 게 그녀로서는 이해하기 힘들었던 것이다.

"씁쓸하지만 현실입니다."

물론 진심으로 사랑해서 만나는 사람도 있다. 하지만 지금 상황을 봐서는 그 사랑을 의심할 수밖에 없다.

그러는 사이 차량이 멈춰 섰고, 노형진은 그 집을 뚫어지게 바라보았다.

"뭔가 하고 있군요."

엠버 역시 그들을 보다가 고개를 갸웃했다.

여러 사람들이 돌아다니면서 가지치기를 하거나 잔디를 정리하고 있었다. 그리고 어떤 여자는 여기저기 돌아다니면서 치수를 재고 있었다.

"뭐 하는 거지?"

"팔려고 하나?"

송정한과 손채림은 그런 광경을 처음 봤기 때문에 어리둥절한 얼굴이 되었지만 노형진은 그들이 뭘 하는 건지 바로 알아차렸다.

"웨딩 플래너군요."

"웨딩 플래너?"

"네. 미국은 한국식의 건물 안에서 하는 예식보다는 바깥에서 하는 예식을 더 좋아합니다. 그리고 저들은 웨딩 플래너라고, 결혼식 전반을 준비하는 겁니다."

일단 야외 결혼식을 하기 위해서는 정원을 깔끔하게 정리

해야 한다. 그래서 정원사들이 많이 동원된다.

그리고 웨딩 플래너는 정원을 돌아보면서 장식은 어떻게 할 것인지 그리고 동선은 어떻게 짤 것인지 구상하게 된다.

"역시 예상이 맞았군요."

함께 살고 있고 웨딩 플래너가 결혼 준비를 하고 있다는 것은 당연히 청혼을 했으며 결혼한다는 뜻이다.

"그러니 이혼이 시작되었을 테고 다른 세 사람을 버렸겠지요."

괜스레 그들과 연락하다가는 일이 꼬일 수 있으니까 아예 연을 끊어 버린 것이다.

"어이가 없군요. 이런 식으로 사는 게 한국에서는 용납됩니까?"

"될 리가 있습니까? 하지만 어딜 가나 범죄는 있는 법이니까요."

더군다나 한국과 미국은 전혀 다른 국가다. 당연히 국민들 간의 결혼 정보는 공유되지 않는다.

"그러니 문제가 없다고 생각하겠지요."

"문제가 안 될 리 없지 않습니까?"

"만일 우리가 오지 않았다면 문제가 되지 않았을 겁니다."

"부정은 못 하겠군요."

노형진이 끼어들지 않았다면 이혼은 안숙희의 계획대로 진행되었을 것이다. 그리고 안숙희는 여기서 미국 시민권을 얻어서 당당하게 살았을 것이다.

아마도 두 자식 역시 안숙희의 아이로서 입양 과정을 거쳐서 국적을 취득했을 것이다. 그게 안숙희의 최종 목적이었을 테고.

'하지만 이건 아니지.'

문제는 그 과정에서 서규태가 철저하게 소외되어 있다는 것이다.

그는 철저하게 버림받은 상태로 혼자서 영문도 모를 이혼을 당하고 인생을 날려야 한다. 지난 몇 년간 자신이 희생한 이유조차도 잃어버린 채로.

"삐뚤어진 사랑이네."

"응?"

"그냥 그런 생각이 들어. 애초에 안숙희의 목적은 돈이 아니라 시민권이었잖아. 그러니까 카를로스 같은 안전장치를 만들어 놨겠지. 뭐, 돈이야 많을수록 좋은 거니 조금씩 부자들을 만나 온 거고. 결과적으로 안숙희의 목적은 자식들에게 미국 시민권을 주는 거였잖아. 그런데 이런 식으로 시민권을 주면 뭐 해. 말 그대로 삐뚤어진 사랑이지."

손채림은 한창 결혼 준비 중인 사람들을 보면서 중얼거렸고 노형진은 수긍할 수밖에 없었다.

"그러면 어떻게 할까요? 바로 들어가서 반룽 씨와 이야기하시겠습니까?"

그렇게 된다면 사건은 이쯤에서 끝난다.

반룽은 아마도 그녀가 아직 이혼한 상태가 아니라는 것을 모를 테고 결혼식은 파탄 날 것이다. 당연히 이 모든 게 드러나면 소송이고 뭐고 할 필요도 없이 자신들에게 유리하게 될 것이다.

"글쎄요……."

노형진은 그럴까 하다가 갑자기 히죽 웃음을 터뜨렸다.

"좀 더 기다려 보죠."

"뭐라고?"

송정한은 노형진의 말에 깜짝 놀랐다.

당장 끝낼 수 있는데 끝내지 않겠다니?

"그게 무슨 말인가?"

"저들이 제 방식을 썼으니까 저도 제 방식을 써 볼 생각입니다."

"자네 방식?"

"적에게 선사하는 최고의 파멸을 말이지요."

송정한은 왠지 안숙희가 불쌍해지는 기분이었다.

⚖

노형진은 바로 서규태에게 연락했다. 그리고 미국으로 오도록 시켰다.

한국과 미국이 아무리 멀다고 해도 작심하면 못 올 곳도 아니다. 더군다나 미국은 무비자 입국이 가능하기 때문에 따로 비자를 받을 이유도 없다.

물론 범죄 기록이 남아 있기 때문에 바로 들어올 수는 없었지만 방법이 없는 건 아니었다.

"못 들어갑니다. 당신은 입국허가가 나지 않습니다."

노형진이 엠버와 함께 공항에 도착했을 때 서규태는 입구에서 막혀서 들어오지 못하고 있었다.

"아……."

서규태는 마음이 다급했다.

아내가 갑자기 결혼한다는 황당한 말에 서둘러 미국으로 왔는데 들어갈 수조차 없다니.

'이래서 날 신고한 것인가…….'

자신은 미국에 들어갈 수도 없고, 따라서 결혼식도 막을 수 없다. 그러니 아내인 안숙희의 입장에서는 다시는 볼일도 없으며 이혼소송에서 이기면 그 재산을 빼앗아 미국에서 풍요로운 삶을 살기만 하면 되는 것이다.

그런 생각에 그가 막 절망하고 있을 때였다.

"그분의 입국허가는 났습니다."

노형진이 그렇게 말하며 미국 공항의 보안 요원에게 다가갔다.

"당신은?"

"이분의 한국 변호사입니다. 이쪽은 미국의 변호사이고요."

"변호사?"

변호사라는 말에 다들 어리둥절했다.

미국에서 변호사의 직위는 낮은 게 아니다. 더군다나 법적인 일이 생겼을 때 변호사들이 나서면 일단 한발 물러나는 게 미국인이다.

"무슨 일인가요?"

"여기 입국허가서입니다. 판사의 사인을 확인해 보십시오. 아마 지금쯤 입국허가가 전산상에도 등록되었을 겁니다."

"전산에도요?"

"네."

"흠⋯⋯."

그러자 보안 요원은 다른 사람에게 눈짓을 했고, 그는 무전기로 안쪽으로 연락하면서 들어갔다.

"금방 오셨네요. 전 내일이나 오실 줄 알고 천천히 준비한 건데요."

"어이가 없어서 잠을 잘 수가 없더군요. 그래서 다급하게 온 겁니다. 어떻게 된 겁니까?"

"일단 당신은 입국허가가 난 겁니다."

"네? 제 혐의가 풀린 건가요?"

"그럴 리가요. 엄밀하게 말하면 당신의 사건은 완전히 끝난 게 아닙니다."

그는 사건이 벌어진 후 추방되었다.

추방은 처벌이 아니다. 그냥 쫓아낸 것이다. 이 경우 형사적인 사건은 정지된다.

재판하려고 하면 몇 달은 걸리는 게 미국인데 그 기간 동안 미국에 잡아 둘 수는 없으니 그냥 추방으로 끝내 버리는 것이다.

"당연히 당사자가 없으면 형사적 수사는 정지되지요."

"아!"

그러는 사이 무전을 받은 사람이 뭔가를 확인하고는 서류를 출력해 왔다.

그걸 받은 공항의 보안 요원은 서규태가 들어올 수 있도록 앞을 살짝 비켜 줬다.

"일단 수사 중이니 들어올 수 있습니다. 하지만 이민국에서 당신을 관찰할 겁니다."

"상관없습니다. 변호사들이 함께 행동할 테니까요."

노형진은 엠버와 함께 서규태를 데리고 바깥으로 나가서 차량에 태웠다. 그리고 함께 움직이면서 하지 못한 설명을 계속했다.

"하지만 엠버가 정식으로 사건을 진행시켜 달라는 신청서를 냈습니다."

"그런 게 가능합니까?"

"네."

일단 추방된 당사자는 미국에 다시는 입국하지 못한다. 그

런데 그게 억울한 경우 당연히 당사자는 그 불이익을 피하기
위해 소송할 수 있다.

"미국은 소송의 나라이니까요. 거기에다가 미국은 기본적
으로 판례법 국가입니다."

"판례법 국가?"

"네."

한국이나 일본, 독일 등은 성문법이라 해서 형태로 만들어
진 법을 우선한다. 형법이나 민법 등을 우선하는 것이다.

하지만 판례법 국가는 비슷한 사건이 있는 경우 그 판례를
우선하는 경향이 있다.

"다행히 비슷한 판례가 있더군요."

다른 사람들의 모함이나 경찰의 실수로 입국 거부된 사람
이 미국의 법률 회사를 통해서 이의신청을 한 것이다.

"그 경우 당사자가 들어와야 사건에 대한 수사 및 재판이
가능하니 입국허가가 떨어집니다."

"아!"

"물론 이런 경우에는 다른 안 좋은 부분도 있지요."

"안 좋은 부분?"

"추방으로 끝날 수 있는 게 실형이 나오면, 여지없이 실형
을 살아야 한다는 거죠. 아마 입국허가는 났지만 출국 금지
명령도 떨어졌을 겁니다. 재판이 끝난 후에 져서 도망가는
걸 막으려고 말이지요."

얼굴이 사색이 되는 서규태.

노형진은 피식 웃으면서 그런 서규태를 진정시켰다.

"걱정하지 마세요. 실형은 안 나올 테니까."

"안 나온다고요?"

"네, 충분히 증거를 확보해 놨습니다. 그러지도 않고 위험하게 의뢰인에게 미국으로 오라는 소리는 안 합니다."

일단 서규태는 안심하기는 했지만 여전히 풀리지 않는 미스터리가 있었다.

도대체 왜 자신의 아내가 미국에서 결혼을 한단 말인가?

"결론적으로 말하면 그동안 단절된 가족 관계가 문제입니다."

"단절된 가족 관계?"

"네."

미국에서 아이들과 살면서 아버지라는 자리는 희미해졌고 안숙희는 바람을 피우기 시작했다. 그리고 자신뿐만 아니라 아이들에게도 미국 시민권을 주고 싶어 했다.

당장 지금도 영주권이 없는 상태라 아이들의 공부가 끝나면 한국으로 돌아가야 한다.

더군다나 서규태가 돈이 없다고 돌아오라고 하니 그 기간은 더 단축될 수도 있는 상황.

"그런 상황에서 안숙희는 다른 사람과의 재혼이라는 형태를 이용해서 시민권을 따려고 한 겁니다."

"아니…… 그럼 아이들은요? 애들이 그 말도 안 되는 짓거리에 동의했다고요?"

"따님은 아직 나이가 어려서 어쩔 수 없이 따라갔을 거라 생각합니다. 워낙 어려서 온 거라 아버지에 대한 감정이 거의 없을 테니까요."

"그럴 수가……."

충격받은 얼굴이 된 서규태.

하지만 노형진은 그런 그에게 더욱 큰 충격을 줘야 했다. 어떻게 보면 그의 업보였다.

"그리고 아드님의 경우는…… 이런 말씀은 죄송합니다만, 마약과 관련이 있다고 생각합니다."

달달 떨리던 서규태의 손은 아예 멈춰 버렸다. 자신에게 벌어진 비극이 믿기지 않았던 것이다.

'그러니까 제대로 관리했어야지. 에효……'

사람들은 미국에서 공부하면 누구나 성공할 거라 생각한다.

하지만 제대로 된 정서적 지원도 친구도 없는 미국에서 아이들 중 다수가 공부보다는 갱단과 마약에 빠지는 것이 현실이다. 특히나 일종의 도피성 유학을 온 아이들이 그런 현상이 강했다.

'아무리 미국이 암기식이 아니라고 해도 안에서 새는 바가지가 바깥에서 안 새느냐고.'

부모들은 아이들이 공부를 못하면 그 이유가 한국의 잘못된 암기식 교육제도 때문이라고 생각하고 아이들을 미국으로 보낸다.

하지만 애석하게도 그건 꿈이다.

물론 진짜로 그런 소수의 아이들이 있긴 하지만 대부분의 아이들은 그저 깨진 바가지일 뿐이다.

그들은 한국에서 하던 일진 짓을 미국에 가서 하며 갱단에 들어가고 담배 대신에 마약을 할 뿐이다.

"아드님이 마약 거래상과 거래하는 장면은 확인했습니다. 아시겠지만, 한국은 마약 청정국입니다. 만일 한국으로 돌아가면 아드님인 서만승은 마약을 구할 방법이 없게 됩니다."

"그, 그런……."

"설사 지금은 가지 않는다고 해도 서규태 씨의 자녀로 있으면서 기대어 있다면 한국에 돌아가는 건 피할 수 없지요."

성인이 되지 않은 상황이니 모든 돈은 서규태가 지원해 줘야 한다. 그러니 만일 돌아가지 않아서 돈을 끊어 버리면 그는 마약을 못 산다.

"설사 안 돌아간다고 해도 학생 비자로 남아 있을 수 있는 기간이 얼마 남지 않았다는 게 문제지요."

그는 고등학생이다. 얼마 후면 대학에 가야 한다.

하지만 미국의 대학 진학률은 한국처럼 인구를 대비해서 그다지 높은 게 아니다.

한국은 국민의 70%가 대학에 갈 정도로 진학률이 높지만 미국은 그렇지 않다.

더군다나 노형진이 봤을 때 서만승은 그다지 공부를 잘하는 아이가 아니었다. 제대로 공부를 잘하고 적응을 잘하는 아이였다면 아마도 마약에 빠지지는 않았을 것이다.

그렇다면 남은 방법은 취업 비자인데, 고등학교밖에 나오지 않은 아이에게 취업 비자가 나올 리 없다. 그렇게 되면 결국 그저 불법체류자가 되는 수밖에 없다.

"그러니 그 입장에서는 남기 위한 어떠한 방법이든 찾아야 했을 겁니다."

"그, 그게……"

"네, 그게 바로 아버지인 서규태 씨를 범죄자로 만들어 버리는 거죠."

엄마인 안숙희가 이혼하고 반룽과 결혼하면 자신들은 당당하게 미국에 살 수 있다. 더군다나 반룽은 상당한 부자이니 자신이 마약을 살 수 있는 돈을 대 줄 수 있는 사람이다.

"그, 그런 말도 안 되는 소리가 어디 있습니까! 거짓말입니다! 거짓말하지 말아요!"

서규태는 어떻게 해서든 부정하려고 했다.

물론 그 마음은 이해가 갔다. 하지만 미국의 삶에 대해 잘 아는 노형진은 그런 게 결국은 의미가 없다는 것도 알고 있었다.

"증거가 여기 있습니다."

흑인으로 보이는 사람에게서 뭔가를 사고 떠나는 아들. 그리고 그의 손에 들린 하얀 가루.

"같은 학교의 마약 딜러입니다."

"학교? 학교라고요? 지금 학교에 마약 딜러가 있단 말입니까?"

"애석하게도요."

"말도 안 돼요!"

"말이 됩니다. 사립도 아니고 공립이니까요."

물론 지역마다 다르다. 하지만 재정이 충분한 사립과 다르게 공립은 학생들을 의무적으로 받아들이다 보니 질이 안 좋은 녀석들도 들어가기 마련이다.

"하지만 유학원에서는……."

"거기서 사실을 말할 것 같습니까? 보내면 자신에게 떨어지는 돈이 얼만데?"

"……."

장사하는 사람에게 진실을 기대하기는 어려운 법.

"일반적으로 사립 고등학교는 그 비용이 어마어마합니다. 한국의 사립고와는 비교도 못 할 정도로요. 그나마도 미국 내에 있는 사람들조차 자리가 나기를 기다립니다. 미국의 사립고는 단순히 성적의 지표가 아니라 성공을 향한 인맥의 보장이거든요. 유학생이 그런 곳에 들어가는 건 쉽지 않지요. 아마 어지간한 대기업 사장급 임원 아니면 대기에도 안 올려 줄 겁니다. 결국 대부분의 학생들이 갈 수 있는 곳은 공립이죠."

물론 제대로 굴러가는 공립도 많다. 하지만 관리적인 측면에서 보면 분명히 한계가 있다.

"학교 자체가 아주 똥통급은 아니지만 그렇다고 아주 좋은 곳도 아니니까요."

그러니 마약이 끼어들 여지는 충분했던 것이다.

"그럴 수가! 그러면 내 아들이 마약을 끊기 싫어서 나를 버렸단 말입니까?"

"네."

서규태는 혼이 나간 듯 멍하니 있었다.

하긴, 단순 이혼이라고 생각했던 일이 사실은 얼마나 망가진 결과인지 두 눈으로 보고 있으니 혼이 안 나가면 이상한 것이다.

"가장 좋은 방법은 두 아이를 미국에서 데리고 가시는 겁니다. 아직 따님의 상황은 그 정도까지는 아니니까요. 아드님의 경우는, 미국에 있는 이상 마약에서 벗어나는 것이 쉽지 않습니다. 이유는 아시죠?"

마약 청정국에 속하는 한국에서조차 마약중독자들은 어떻게 해서든 마약을 구해서 하고는 한다. 그런데 미국이라면, 더군다나 서규태가 감시할 수 없는 상황이라면 마약을 끊게 하는 건 거의 불가능에 가깝다.

"기적적으로 스스로 정신 차리는 경우도 있지만 그건 말 그대로 기적이라고 할 만한 상황입니다."

스스로 정신을 차려서 마약에서 벗어나는 사람보다 마약

을 하기 위해 강도질을 한다거나 사기를 친다거나 해서 잡혀가는 사람이 많고, 심지어 마약 상인들과의 전쟁에 휘말려서 죽는 사람도 있다.

라이벌 상인을 없애기 위해 공짜 마약으로 유혹해서 청부하는 것이다.

그리고 상대방은 그걸 예상하기 때문에 대부분 무장한 경호원을 주변에 두고 있고.

"크흑……."

절망적인 상황에 서규태는 눈물만 흘렸다.

"상황을 이 꼬라지로 만들어 놓고 아이들을 위해 미국 시민권을 받겠다고요? 그년은 미친 겁니다!"

노형진은 왠지 씁쓸해졌다.

"주객이 전도되는 상황은 흔합니다. 지금이 그런 상황이구요."

학생의 본분은 공부라고 한다. 그러나 어느 순간 공부가 학생의 전부가 되어 버리는 경우가 있다.

학생은 사회도 배워야 한다. 그러나 부모는 오로지 학교 성적만 따진다. 그 결과 남는 것은 높은 성적의 노예일 뿐.

"아무리 안숙희 씨가 시간이 넘친다고 해도 남자를 네 명이나 만나면서 아이들을 관리하는 것에는 한계가 있었겠지요."

그녀는 아이들에게 미국 국적을 선물하고 싶었던 것인지 모르지만, 애석하게도 관리받지 못한 아이들은 철저하게 망가져 갔다.

"당장 그년을 잡아 와야겠습니다!"

"아직은 안 됩니다."

노형진은 당장이라도 안숙희를 때려잡으려고 하는 서규태를 진정시켰다.

"당장 지금 가 봐야 또다시 당신의 폭행 전과만 늘어납니다. 그것도 지난번처럼 누명이 아니라 지금 가면 확실하게 증인이 남는 전과가 될 겁니다."

그렇게 되면 전에 있던 가정 폭력도 인정될 테고, 두 번의 가정 폭력이면 그는 미국에서는 실형을 피할 수 없게 된다.

"그러면 어쩌라고요? 그냥 그 여편네가 다른 남자랑 결혼하는 걸 보란 말입니까!"

"아니요. 그 부분은 제게 생각이 있습니다. 한국과 미국은 전혀 다릅니다. 그러니까 중간에 막을 수 있는 방법이 있지요."

노형진에게는 믿는 방법이 있었던 것이다.

"그리고 그게 다른 방법들보다 한 백 배는 더 재미있을 겁니다, 후후후."

⚖️

화창한 날씨. 겨울이라고 하지만 미국의 따뜻한 태양은 잔디를 가득 채워 주고 있었고, 파릇파릇하게 자라난 잔디는 정원을 푸르게 해 주고 있었다.

그리고 그곳에서 한창 아름다운 결혼식이 진행되려 하고 있었다.

"오늘의 결혼식을 축하하면서……."

안숙희는 너무 좋아서 웃고 있었다.

자신을 바라보고 있는 남자, 반룽. 중국계 미국인이기는 하지만 자신이 꿈꾸던 미국 생활을 선사해 줄 사람이다.

'그래, 그 좁고 좁은 구질구질한 아파트에서 사는 것도 이제 끝이야.'

한국은 땅값이 비싸기 때문에 언제나 작은 아파트에서 지내야 했다. 더군다나 아이들이 공부하러 온 뒤 아파트는 더 좁아졌다. 남편 혼자 살게 되었으니 줄인 것이다.

'그곳에 돌아갈 수는 없어.'

문제는 돌아가게 되면 그곳에서 다시 시작해야 한다는 것이다. 그 좁은 곳에서.

돈은 아이들 교육비로 다 들어갔으니 더 큰 아파트로 갈 여유는 없다.

더군다나 여기서 떠나면 아이들의 교육에 문제가 생긴다.

미국의 교육을 받아 온 자신의 아이들이 한국의 교육에 적응할 가능성은 낮다는 것을 그녀는 알고 있었다.

"뭘 그렇게 생각해?"

"아니에요."

반룽이 오자 최대한 화사한 미소를 보이면서 웃는 그녀.

나이 차이가 좀 나기는 하지만 어찌 되었건 자신과 결혼할 사람이다. 더군다나 오늘은 결혼식 날이 아닌가?

"행복해?"

"네, 행복해요."

"다행이네."

반룽은 그런 그녀를 사랑스럽게 바라봤다.

그러자 함께 있던 들러리들은 그런 반룽을 마구 쫓아냈다.

"결혼 전에 신부 보는 거 아니라니까."

"재수 없다고."

"하하하."

반룽은 그들에게 쫓겨나 바깥으로 나갔고, 안숙희는 다시 결혼식 준비를 하기 시작했다.

⚖️

그 시각, 정원에서는 노형진이 느긋하게 자리에 앉아 있었다.

"안 걸릴까?"

손채림이 걱정스럽게 묻자 노형진은 피식 웃었다.

"안 걸려. 걱정하지 마. 결혼식의 좋은 점이 그거 아니겠어?"

결혼식에는 수많은 하객들이 온다. 그래서 전혀 모르는 사람이 있어도 이상하게 생각하지 않는다.

더군다나 똑같은 하객이라고 해도 친구나 친척이 될 수도 있기 때문에 대부분 아는 사람들과만 이야기한다.

　"딱히 이상한 짓만 하지 않으면 대부분 몰라. 더군다나 두 사람 다 동양인이라 동양계 하객들이 많잖아."

　"그건 그러네."

　"도리어 이런 곳에 엠버가 들어와 있으면 시선을 끌걸."

　손채림은 고개를 끄덕거렸다.

　노형진은 느긋하게 결혼식을 기다리면서 손채림에게 물었다.

　"그런데 왜 꼭 오겠다고 한 거야?"

　"뭐가?"

　"나중에 다른 사람들이랑 들어와도 되잖아?"

　"그거야······."

　갑자기 히죽 웃는 손채림. 그리고 목소리를 낮춰서 노형진의 귀에 작게 소곤거렸다.

　"이런 막장 드라마 같은 장면을 내 두 눈으로 똑바로 볼 수 있는 기회가 얼마나 되겠어? 한번 꼭 봐야지."

　"막장 드라마? 그건 맞는 말이기는 하네."

　노형진은 피식 웃었다.

　그러는 사이 결혼식이 시작되었다.

　"시작했다."

　결혼식이 시작되자 신랑이 나오고 신부가 나왔다. 그리고 주례로 보이는 사람이 그들에게 축하와 조언을 하기 시작했다.

이 부분까지는 한국과 똑같았다. 애초에 한국에서 하는 결혼식이 미국식 결혼식의 영향을 많이 받았으니 다를 게 없었다.

'하지만 이다음에는 한국과 완전히 다르지.'

노형진은 마지막 말이 끝나기를 기다리면서 주례를 바라보았다. 손채림조차도 숨을 죽이고 다음 상황을 기다렸다.

이윽 주례사가 끝나고, 주례를 하던 사람의 입에서 마지막 말이 흘러나왔다.

"이제 두 사람의 결혼을 축하하며 결혼식을 끝마치려고 합니다. 만일 반대하는 분은 여기서 말씀해 주시든가 아니면 영원히 침묵하여 주시기 바랍니다."

한국에 없는 미국만의 문화. 그건 일종의 종교적 관례였다.

과거에 누구를 만났든 무슨 일이 있든, 새로 시작하는 신랑과 신부에게는 더 이상 문제 삼지 말라는 말.

당연히 그냥 하는 말이기는 하다, 일종의 전통처럼.

하지만 노형진은 이번에 그걸 그냥 전통으로 넘길 생각이 없었다.

'여기서 말하라는데 당연히 말해야지. 안 그래?'

노형진은 벌떡 일어났고, 당연히 사람들의 시선이 그런 그에게 향했다.

"누구……십니까?"

주례는 당황해서 물어봤다.

하긴, 이런 일은 없었을 테니까.

미국은 한국의 주례와 다르게 일종의 주례를 집도할 자격이 있는 사람이 있다. 전통에 따라 성직자가 하게 되어 있다.

　당연히 그도 한두 번 해 본 게 아닌데 여기서 일어난 경우는 처음이라 당황할 수밖에.

　"반대하기 위해 일어났습니다."

　"반대?"

　"반대라고?"

　웅성거리는 하객들과 다르게 옆에 있는 손채림은 혼자서 키득거리면서 웃고 있었다.

　하긴, 이런 막장 상황을 영화에서나 볼 수 있지, 어디 현실에서 볼 수 있겠는가?

　그러나 가끔은 현실이 영화나 드라마보다 훨씬 막장인 경우도 많았다.

　"당신은 누구인데 신성한 결혼식을 반대하는 겁니까!"

　주례를 하던 목사는 화를 버럭 냈다.

　노형진은 그런 질문을 하는 목사를 바라보면서 사람들을 피해서 가운데로 나아갔다. 그리고 천천히 신랑과 신부에게 다가갔다.

　"저는 여기에 있는 안숙희 씨의 남편인 서규태 씨의 한국 변호사입니다."

　"뭐라고?"

　"남편?"

웅성거리는 사람들.

하지만 반룽은 도리어 화를 냈다. 이미 이혼한 상태라 들었기 때문에 전 남편이 방해한다고 생각했던 것이다.

"이혼한 주제에 무슨 권한으로 결혼식을 방해하는 거요!"

노형진은 피식 웃으면서 안절부절못하고 있는 안숙희를 바라보았다.

"이혼요? 이혼은 한 적 없습니다. 물론 국가가 다르기는 하지만 한국에서 여전히 혼인 관계가 유지되고 있습니다. 여기 한국 정부에서 발행한 가족 관계 증명서입니다. 가족 관계 증명서는 두 사람의 결혼 상태를 증명하기 위해 발급되는 서류인데, 여기에는 명백하게 결혼으로 되어 있지요."

"뭐?"

"아직 이혼을 안 했다고?"

이혼한 거라 들었던 몇몇 사람들은 끝까지 진정하려고 하다가 이상하다는 생각에 일어나서 노형진을 바라보기 시작했다.

그러자 안숙희가 당황해서 마구 거짓말을 하기 시작했다.

"거짓말이에요! 저건 어디서나 만들 수 있는 그런 흔한 위조 서류라고요! 저 인간이 변호사인지 뭔지, 알 게 뭐예요!"

소리를 버럭 지르는 안숙희. 사람들은 노형진을 의심스러운 눈초리로 바라보았다.

물론 노형진에게는 자신을 증명해 줄 사람이 있었다. 자신의 편은 아니었지만 말이다.

"저에 대해서는 여기 잘 아는 분이 계십니다. 안 그렇습니까, 필립 모리스 씨?"

"필립 모리스?"

"여기 계시는 분들 중 몇 분은 저분에 대해 아실 겁니다. 한국과 일본 그리고 미국에서 변호사 자격을 따신 천재이시지요."

노형진은 객석에 앉아 있던 필립 모리스, 즉 이재곤에게 다가갔다.

"그는 한국에서 저와의 재판에서 진 적이 있지요. 기억하시지요?"

"그게……."

모리스는 말을 하지 못했다.

아니면 아니라고 말하면 되는데 그러지 못한다는 사실에 다들 대번에 의심이 다시 강해졌다.

"그 녀석은 미국에서 자격이 없는 변호사예요!"

그제야 노형진에게 미국 변호사 자격이 없다는 사실을 알아챈 안숙희가 노형진을 쫓아내려고 했지만 그건 하나만 알고 둘은 모르는 짓이었다.

'내가 설마 혼자 왔겠냐?'

노형진이 바보도 아니고, 혼자서 뭘 어떻게 하겠다고 왔겠는가?

"전 자격이 없습니다. 그래서 애초에 한국의 변호사라고 정식으로 소개했구요. 하지만 바깥에는 서규태 씨의 미국 선임 변호사가 기다리고 있습니다. 그리고 그 일행도요. 반룽 씨, 그분들을 들어오라고 해도 될까요?"

"……."

"여보, 안 돼요!"

아무리 노형진이라고 해도 사람들을 떼거리로 몰고 들어올 수는 없다. 그건 명백하게 무단 침입이다.

미국이면 그렇게 위협적으로 무단 침입을 하면 총 맞아 죽어도 할 말이 없다.

뭔가 잘못되었다는 것을 알아챈 안숙희는 결혼도 안 했으면서 여보라고 말하며 안 된다고 외쳤지만, 반룽은 사업하는 사람답게 눈치가 빨랐다. 그녀의 행동에서 이상함을 느낀 것이다.

"들어오라고 하시오."

"그러지요."

노형진은 눈짓했고, 손채림은 서둘러서 핸드폰을 꺼내서 바깥에 연락했다.

집주인의 동의가 있었으니 이제 법적인 문제는 해결된 것이다.

잠시 후 사람들이 들어오자 진짜라는 사실에 사람들은 웅성거리면서 어이없어했고 특히나 안숙희는 거의 패닉에 빠진 상태였다.

"일단 소개부터 하죠. 이분은 서규태 씨이고, 안숙희 씨의 진짜 배우자 되는 분입니다. 이쪽은 서규태 씨의 미국 변호사인 엠버 양. 그리고 이쪽은……."

노형진은 히죽 웃으면서 안숙희를 바라보았다.

그녀는 모든 걸 다 잃은 사람처럼 털썩 주저앉아 버렸다.

그녀가 주저앉든 말든 노형진은 한 명씩 소개하기 시작했다.

"얼마 전까지 사귀시던 분들인 카를로스 씨, 피터슨 씨, 윌리엄스 씨입니다. 아, 이분들 모두 결혼을 전제로 사귀신 겁니다."

"헐……."

"이런 미친……."

말도 안 되는 상황이 벌어지자 다들 눈을 질끈 감았다.

"여, 여보…… 이게……."

"여보라니요. 어느 쪽을 말씀하시는 건가요? 한국 남편? 아니면 미국 남편?"

히죽거리면서 던져 오는 노형진의 말은 무서울 정도로 차가웠다.

⚖

"와, 진짜 사악하다. 그래도 한 번뿐인 결혼식을 그렇게 파토 내냐?"

"일단 한 번뿐은 아니거든?"

"아, 맞다."

"그리고 그건 명백하게 중혼이야. 불법이라고. 아무리 나라가 다르다고 해도 말이지. 내가 중국이랑 미국이랑 일본에 다 아내를 둘 수는 없잖아."

"그래도 안 걸리면 땡이지."

"무서운 소리 하지 마라."

노형진은 손채림이 히죽거리자 발끈했다.

그런 그들의 장난을 보고 있던 송정한은 문득 궁금한 점이 생겼다.

"그런데 그렇게까지 해야 했나?"

"네?"

"굳이 결혼식까지 기다려서 그렇게 파토를 내야 했느냔 말일세. 그냥 파토를 내도 되는 거 아닌가? 아무리 그래도 좀 잔인하다 싶어서."

"제가 그냥 나쁜 놈이라서 그런 게 아닙니다."

"그럼?"

"전에 말했다시피 최대한 안숙희에게 타격을 주기 위해서이지요."

"타격?"

"네. 결혼식이 진행되었으니까요."

만일 결혼식 전에 알려지고 파혼이 되었다면 그냥 파혼일 뿐이며 법적인 과정으로 가지 않았을 가능성이 높다.

일단 반룽이 그렇게까지 하지는 않았을 것이다.

"하지만 반룽은 결혼식에 친척들과 거래처 사람들 그리고 주요 인사들을 초대했습니다. 그 상황에서 이런 일이 벌어지면 어떻게 할까요?"

"그냥은 안 넘어가겠군."

"네."

이미 반룽은 결혼식 비용과 정신적 치료비 그리고 가족들의 정신적 충격에 대한 배상까지 모조리 안숙희에게 청구하는 소송을 건 상태였다.

"안숙희로서는 그걸 감당할 수가 없지요. 더군다나 작심하고 거짓말했다는 증거가 이쪽에 있기 때문에 소송에서 벗어나지도 못합니다. 설사 모리스라고 해도 말이지요."

"이쪽?"

엠버가 씩 웃었다.

"반룽 씨께서는 사건의 변론을 우리 드림 로펌에 맡기셨습니다."

"어째서? 아!"

"네, 맞습니다. 이쪽에는 이미 모든 증거가 확보된 상황이니까요."

만일 다른 로펌에 맡기면 관련 증거를 처음부터 다시 모아야 하는데 시간도 걸리고, 모을 수 있을지도 확실하지 않다.

하지만 드림 로펌은 이미 안숙희가 결혼했다는 증명서와 시민권을 목적으로 결혼하려고 했다는 증거, 그리고 증인들을 데리고 있다.

"그녀로서는 도망갈 길이 없는 거죠."

"거참⋯⋯."

"일을 해 주는데 드림에도 뭘 좀 챙겨 줘야지요."

미국에서는 변호사 비용이 적은 게 아니다. 더군다나 이렇게 증거를 쥐고 있으면 더 지불하게 된다.

"하지만 안숙희는 가진 게 그렇게 많지 않을 텐데?"

"전에 말했다시피 가장 더러운 재판이 바로 가정법원에서 하는 이혼 재판이야. 그건 돈을 받기 위해서가 아니라 상대방에게 피해를 주기 위해 하는 재판이거든. 그리고 지금 반룡의 상태는 그거랑 비슷해."

어차피 그에게 돈이 중요한 건 아니다. 그러나 자신과 자신의 가족 그리고 사업하는 거래처까지 창피함을 준 그녀를 반룡이 용서할 리 없다.

"아마 악착같이 받아 내려고 할 거야. 미국에서 하는 재판이니까 한국처럼 어쭙잖게 판결이 떨어지지도 않을 테고. 아마 안숙희가 평생을 일해도 못 갚을걸."

노형진은 피식 웃었다.

노형진의 말대로 안숙희는 철저하게 파멸하고 있는 것이다.

"하지만 안숙희는 벌써 한국으로 튀었잖나?"

사태가 터지고 나자 안숙희는 바로 한국으로 튀었다.

물론 그녀를 잡아 둘 수 있었다. 하지만 노형진은 잡지 않았다.

"전 모리스 그 녀석처럼 일 대충 하지 않습니다."

"대충 하지 않는다고?"

"네, 이재곤, 아니 이제 모리스로 불러야겠지요? 하여간 그 녀석처럼 일을 대충 해서 빠져나갈 구멍을 만들지는 않습니다. 엠버가 그냥 증거만 가지고 있다고 해서 사건을 받은 게 아닙니다. 엠버에게는 한국에 연합된 로펌이 있지요."

노형진이 씩 웃으면서 말하자 송정한은 바로 알아들었다.

"우리군!"

"네, 우리죠. 정확하게는 새론 말입니다."

안숙희가 한국으로 도망가면 반룽은 돈을 받는 게 곤란해진다. 마치 서규태가 비행기 문제로 한국에서 미국에 가지 못했던 것처럼 말이다.

"하지만 거래하는 로펌이 있다면 대리를 맡길 수 있지요, 싼 가격에."

"그래서……."

"송 대표님은 이게 확실하게 시스템이 되기를 바라셨잖습니까?"

"그렇지. 그랬지."

그리고 이게 시스템화가 된 첫 사건인 셈이다.

"그러니 돈은 확실하게 받아 낼 수 있습니다."

"그런데 왜 도망간 거야? 어차피 한국에서나 여기서나 거지 아냐?"

사실상 안숙희는 거지가 안 될 수가 없다. 그런 만큼 한국으로 가 봐야 의미가 없다.

"일단 거기에는 자기 친정이 있으니까 생계는 해결되겠지. 하지만 가장 큰 이유는 처벌이야."

"처벌?"

"그래. 애초에 그녀는 한국으로 치면 무고를 저질렀어. 거기에다가 중혼을 하기 위해 무려 네 사람에게 사기를 쳤고 그중 한 명에게는 아주 큰 재산상의 피해를 입혔지. 그 정도면 미국에서 실형은 못 피해."

"그러면 도망 못 가게 잡아야 하는 거 아냐?"

"일단 한국에서 서규태의 이혼소송을 끝내야 하니까. 그 후에는 여기 재판 결과에 따라서 미국에서 범죄인인도 요청을 할 거야. 그러면 그녀는 한국에서 끌려와서 처벌을 받은 후에 다시 추방되겠지."

"으우…… 왠지 소름이 돋는군."

"모리스는 이런 식으로 세밀하게는 못하죠, 후후후."

"그건 인정하네. 그 녀석은 이렇게까지는 하지 못했을 거야."

모리스가 흉내를 낸다고 내기는 했지만 그건 말 그대로 흉

내일 뿐이었다.

노형진의 보복은 무척이나 잔인하고 확실했으며, 또한 상대방을 재기 불능으로 만들었다. 안숙희는 지금 상황에서는 아무리 노력해도 재기는 불가능하다.

"뭐, 운 좋아서 엄청난 갑부를 만난다면 모를까."

'그게 될 리 없지.'

그런데 그런 갑부가 전과를 달고 미국에서 추적당하고 있는 그녀를 만날 리 없다.

"안숙희는 끝난 겁니다. 이건 재판을 아무리 잘해도 못 이겨요. 더군다나 이미 모리스는 모른 척 도망갔구요."

이 사건의 뒤에는 모리스가 있다.

하지만 안숙희가 잡혀서 다 불어 버리면 미국의 변호사 자격은 박탈당할 게 뻔하기 때문에 다시 일본으로 도망갔다. 필립 모리스에서 다시 무카토 에이지로 돌아간 것이다.

"아이들은 어떻게 한다고 하던가?"

"서규태 씨는 아이들을 데리고 바로 귀국한다고 하더군요."

"딸이야 그렇다고 해도 서만승이 순순히 응하다니, 의외군."

"안 그러면 경찰에 마약 검사를 의뢰한다고 했거든요. 서만승의 입장에서는 최악인 셈이죠."

마약 검사를 의뢰하면 최소 3개월 전 마약까지 다 나온다. 모든 마약은 머리카락에 쌓이는데 그 검사를 하면 다 나오는 것이다.

"그렇게 되면 그는 미국 경찰의 수사를 받게 됩니다. 그럼 그 뒤에 있는 조직 역시 그를 부담스러워하게 되겠지요."

"헐…… 진짜인가?"

"그럴 리가요. 조직이 그 정도도 모르겠습니까? 중간에 한두 놈 잘리고 말겠지요."

"그런데 왜?"

"그렇게 잘릴 한두 놈이 결국은 막나가는 놈이거든요, 보통은."

결국 그들은 복수의 대상을 찾으려고 할 것이다.

그리고 그 대상에 경찰이 들어갈 수는 없다. 미국에서 경찰을 건드린다는 건 전쟁을 뜻하니까.

"그러면 그 원한은 제대로 관리도 못 해서 걸린 서만승에게 뒤집어씌워질 겁니다. 그렇게 말하니까 바로 한국으로 가자고 성화던데요?"

"쯧쯧."

송정한은 혀를 끌끌 찼다.

"덕분에 사건은 잘 해결되었군."

"이 사건만 해결되면 뭐 합니까? 다른 사건도 해결되어야지."

"걱정하지 말게. 내가 놀고 있는 것만은 아니니."

송정한은 이번 사건에서 중요한 역할을 한 것은 아니다.

하지만 그사이 정식으로 도움을 주고받기로 드림 로펌과 계약했고, 이미 한국에서는 관련 홍보를 하고 있었다.

이것이 법이다

"의외로 한국인들이 많이 온다고 하더군. 특히 아내의 불륜을 의심하는 사람이 많다는군."

"그럴 수밖에요. 아무리 믿음이니 어쩌니 해도 거리에는 장사 없는 법입니다."

원거리 연애를 하면서 가족들이 붕괴되고 있었고 그것이 현실이다. 그런 모습이 다 드러나는 사건이었다.

"미국에서 조사가 가능한 로펌이라고 하니 사건이 엄청나게 밀려드는 모양이야. 좀 씁쓸하군."

"씁쓸하죠. 하지만……."

노형진은 멍하니 하늘을 바라보면서 중얼거릴 수밖에 없었다.

"그게 이 세상의 현실 아닙니까? 보고 싶지도 인정하고 싶지도 않지만, 그게 현실인 셈이지요."

그리고 이런 식의 소송 의뢰는 제법 오래가고 많을 거라는 것을 노형진은 직감하고 있었다.

"현실은 참 씁쓸한 법이지요."

노형진은 그렇게 말하는 것 말고는 더 이상 아무 말도 할 수가 없었다.

제물을 소환하냐?

"반갑습니다. 노형진입니다."

노형진은 인사하면서도 눈앞에 있는 여자에게서 눈을 떼지 못했다.

긴 생머리, 아름다운 얼굴. 당장 미스코리아에 나가도 우승할 수 있을 것 같은 외모.

그녀의 모습에 남자들은 다들 마음이 흔들릴 수밖에 없을 거라 생각했다.

물론 그것 때문에 그녀를 보는 건 아니었다. 노형진이 그녀를 바라보는 이유는 외모 때문이 아니라 그녀의 신분 때문이었다.

"그러니까 김유미 씨. 우리한테 의뢰하고 싶다고요?"

"네."

"그 말, 진담입니까?"

"제가 제 돈 내고 여기까지 와서 거짓말할 이유는 없지요."

"그거야 그렇습니다만⋯⋯."

노형진은 조용히 있다가 결국 그냥 정곡을 찌르기로 했다. 어차피 돌려 말해서 해결할 상황은 아니니까.

"그게 무슨 뜻인지 아십니까, 김유미 씨? 김유미 씨는 성화의 직계입니다. 우리는 새론 법무 법인이고요. 우리와 성화가 어떤 관계인지 모르시지는 않을 텐데요?"

"알지요. 아주 잘 압니다. 그래서 온 겁니다."

"그, 그런가요?"

알면서 왔다고 하니 노형진으로서는 할 말이 없었다.

'이건 뭐, 어쩌라는 건지⋯⋯.'

노형진이 이렇게 당황하는 것은 다 이유가 있었다.

그녀는 다름 아닌 성화의 직계, 정확하게는 김일성의 손녀이자 김두성의 딸이기 때문이다. 그리고 자신들은 성화와 싸우는 입장이고.

'하아.'

그녀가 나타나서 사건을 의뢰한다고 했을 때 직원들은 그냥 무심하게 넘어가려고 했다.

그러나 그녀가 성화의 핏줄이라는 사실이 밝혀지자 상황이 애매해졌다. 거절할 수도 없고 받아들일 수도 없는 상황.

그래서 노형진에게 다급하게 도움을 청한 것이다.

하필이면 송정한이 미국에서 있던 사건 덕분에 시스템을 정비하느라고 미국에 출장 중이었기 때문이다.

"성화라서 사건을 거부하는 건가요?"

"그건 아닙니다. 더군다나 말씀하시기로는 성화와 관련이 없다고 하셨습니다만."

"관련이 없다기보다는 관련이 없고 싶은 거죠."

"네?"

"성화와 척을 져야 합니다. 그런데 그걸 해 줄 만한 곳은 없더군요."

"척요?"

노형진은 깜짝 놀랐다.

그 말인즉슨 성화의 핏줄인 김유미가 성화와 선을 긋고 싶어 한다는 뜻이기 때문이다.

'이 무슨 말도 안 되는…….'

그녀의 눈빛을 봐서는 그게 농담이 아닌 듯했다.

더군다나 그녀가 여기에 사건을 맡긴다고 해서 자신들에게 영향을 주거나 정보를 캐낼 수는 없는 일.

"제가 성화에서 태어나고 싶어서 태어난 게 아닙니다."

"그거야 그렇습니다만…….."

"그리고 여러분들은 저를 김두성의 딸이라고 생각하지만, 그 사람을 아버지라고 생각한 적도 없고요."

"그게 무슨 말씀이신지?"

"저의 어머니는 김두성과 이혼했지요. 이혼 당시 양육권은 어머니가 가지고 갔습니다. 열여섯 살까지 그랬지요. 그런데 사고로 어머니가 돌아가시면서 성화 일가에 다시 양육권이 돌아간 것뿐입니다."

"그런가요……."

대충 알고 있는 내용이지만 노형진은 더 이상 말하지 않았다. 그건 그쪽 집안일이니까.

문제는 그녀가 왜 여기까지 와서 사건을 맡기느냐는 것.

"무슨 사건인지 알고 싶습니다만."

"결혼하기 싫어서요."

"네?"

노형진은 자신의 귀를 의심했다. 그래서 다시 한 번 물어볼 수밖에 없었다.

"결혼하기 싫다고요?"

"네."

"아니, 무슨 소리인지 모르겠습니다. 결혼은 자기가 하기 싫으면 안 하는 거지요."

"그게 쉬운 상황이 아니거든요."

성화는 그다지 사정이 좋지 않다. 노형진이 요 근래 신경을 안 쓰기는 했지만 그건 다 그만큼 대룡이 혼자서 잘할 수 있을 만큼 성화가 약해졌기 때문이다.

이것이 법이다

그동안 주요 수입처를 다 잃은 성화는 대룡의 공격에 자금력이 달려서 쉽게 무너질 수밖에 없었다.

더군다나 성화의 패배가 확실해지자 조용히 구경하던 다른 재벌들 역시 무너지는 성화를 뜯어먹기 위해 달려들었다.

'말 그대로 약육강식이니까.'

그동안은 누가 이길지 몰라서 조용히 있었지만 사실상 승부가 난 이상 더 이상 눈치를 볼 이유가 없어진 것이다.

"그건 알고 있습니다."

"그걸 해결하기 위해 결혼을 준비 중입니다."

"결혼? 설마 대룡에 결혼을 요청하신 겁니까? 그렇게 해서 휴전하시려고요?"

노형진은 고개를 갸웃했다.

과연 그런다고 대룡이 휴전을 받아 줄까? 그럴 가능성은 거의 없다고 봐도 무방하다.

아니, 받아 줄 수가 없다. 김유미가 결혼할 만한 나이대의 사람은 아무도 없기 때문이다. 그 당사자들을 성화에서 죽여 버렸으니까.

"아닙니다."

"그럼요?"

"대동요."

"대동? 재계 서열 12위인 대동?"

"네."

노형진의 얼굴이 와락 일그러졌다.

그 한마디로 성화의 목적이 한 번에 드러난 것이다. 성화는 대동이 싸움에 끼어들게 하려는 것이다.

'이거, 좋지 않아.'

현재 대동은 한국 재계 서열 12위다. 문제는 그 대동이 한국 기업이 아니라는 것이다.

대동은 일본에서 시작해서 한국으로 넘어온 기업이고, 본거지인 일본까지 합하면 그 파워는 어마어마하다.

한국 서열 12위라고 하지만 일본 파워까지 합하면 못해도 3위급 안에는 든다. 한국에서 서열을 따질 때는 한국 내 자산만 따지니까.

"그곳과 결혼시키려고 한다고요?"

"네, 저보고 그곳에 시집가라고 하더군요. 가문을 위해서요. 절 버린 건 가문이었는데 이제 와서 가문을 위해 가라니, 웃긴 일이지요. 전 그런 말도 안 되는 짓을 할 생각이 없습니다. 그건 전근대적인 사고방식이죠."

김유미의 어머니는 이혼하고, 아니 이혼당하고 온갖 고생을 다 하면서 키웠다.

양육비를 청구하면 편하게 살 수 있겠지만 그 집안의 돈은 한 푼도 받지 않겠다면서 직접 일해서 그녀를 키우다가 사고로 돌아가셨다.

'그러고 보니……'

노형진은 그녀에 대해 봤던 것이 기억났다.

아무래도 상대가 상대다 보니 가문 사람들에 대해 조사한 기록이 있는데 거기에 김유미에 대해 다음과 같이 되어 있었던 것이다.

자립심이 강하고 가문 내에서 배척받는 분위기가 있음. 가문을 이어받을 가능성은 낮으며 그로 인해 가문 내에서도 금전 이외의 다른 지원은 없는 듯함. 영국에서 여성학을 전공함.

"페미니스트이신가 보군요."

지금의 행동과 그녀의 전공 그리고 어머니의 영향을 받은 점을 생각하면 페미니스트라고 보는 게 타당하다고 생각되었다.

그런데 노형진의 말에 그녀는 짜증스러운 얼굴이 되었다.

"기분 나쁘군요."

"네?"

어리둥절한 얼굴이 되는 노형진.

아니, 그녀의 행동은 페미니스트가 맞다. 그런데 화를 내다니?

"그런 여자들과 비교하지 마세요. 전 젠더 이퀄리즘을 추구합니다."

"아아…… 네……."

노형진은 문득 들었던 말이 생각이 났다.

'이때쯤부터 생기는 개념인가?'

과거 여성운동은 페미니즘이라는 개념으로 시작되었다. 그런데 어느 집단이든 시간이 지날수록 극단론자들이 득세하는 경향이 강해진다.

페미니즘 집단들은 점차 변질되었고 그 결과 어느 순간 페미니즘이 여성 우월주의로 변질되자 이에 대항하여 생긴 것이 젠더 이퀄리즘, 그러니까 양성평등주의자다.

아직까지 그렇게 널리 퍼진 개념은 아니지만 말이다.

'그러고 보니 영국에서는 많이 바뀌었다고 했지, 아마?'

극단적인 페미니스트라는 작자들의 행위에 대해 반감을 가지고 생긴 것이 젠더 이퀄리즘이기 때문에 그런 사람들은 자신을 페미니스트라고 하면 무척이나 싫어한다고 했다.

영국에서 한창 유행하는 개념이니 영국에서 공부한 그녀라면 그럴 수도 있겠다 싶었다.

"뭐, 저한테 중요한 건 그런 게 아니라서요. 아닌 건 아닌 거고 맞는 건 맞는 거니까."

"그게 중요하죠."

김유미는 당당한 노형진의 말에 고개를 끄덕거렸다.

'어찌 되었건 그런 사람에게 가문을 위해 시집가라는 건 개소리지.'

양성평등주의자라고 해서 가문의 뜻에 순종한다는 뜻은

아니다. 도리어 자신의 삶을 스스로 개척하고 나아가는 타입이다.

"사정은 알겠습니다. 그런데 성화에서 그렇게 결혼하려고 한다고 해도 결국은 자신이 안 하면 그만인데요? 약혼 같은 건 본인의 동의 없이는 아무런 의미가 없습니다."

만화 같은 곳에서 보면 집안 어른이 정한 약혼자니 어쩌니 하면서 갑자기 짠 하고 나타나서 알콩달콩 잘 살아가지만, 현행법상으로 보면 집안 어른이 아니라 그 누가 결정한 약혼이라고 해도 당사자의 동의가 없으면 아무런 의미가 없다.

"알고는 있지요. 저도 바보는 아니니까요."

"그런데요?"

"그러니까 제 주변 사람들을 괴롭히더군요."

"주변을?"

"네."

"끄응……."

노형진은 얼굴을 찌푸렸다.

'성화가 생각보다 다급한 모양이네.'

안 그런 척하고 있기는 하지만 자신의 딸을 그렇게 몰아붙이면서 팔아 버리듯 넘기려고 하는 걸 보니 상황이 그다지 좋지는 못한 모양이다.

'하긴, 동맹의 가장 확실한 방법은 혈맹이지.'

피로 맺어진 동맹은 어지간하면 깨지지 않는다. 그 때문에 가장 확실하게 하기 위해서는 사돈이 되는 것이 좋다.

물론 대동이 딸을 보낼 수도 있겠지만 현재 대동이 갑인 상황에서 자신들의 딸을 망해 가는 기업에 보낼 리 없다.

"그런데 하필 대동이라니⋯⋯."

"그다지 좋은 대상은 아닌가 보군요?"

"네, 좋은 곳은 아니죠."

애초에 대동은 해방 직후에 생긴 기업이다.

한국에서 기생하던 친일파들이 해방되고 위험하다고 생각되니까 자신들의 재산을 처분하고 일본으로 넘어가서 만든 것이 바로 대동그룹이었다.

자신들은 부정하지만 역사에 따르면 대동이라는 그룹명도 다시 한 번 대동아공영권을 이룩하자고 붙인 이름이라고 하고 말이다.

"그들이 왜 이런 조건을 받아들인 건지 아십니까?"

"모르죠, 저야. 전 애초에 기업 경영에 전혀 끼지 못했으니까요."

그래 놓고 이제 와서 결혼해서 기업과 가문을 살리라니, 김유미의 입장에서는 어이가 없을 수밖에 없다.

"그래서 여기까지 온 겁니다. 이야기를 들어 보니 여기는 법적인 한계를 넘어서 도와준다고 하더군요."

"그거야 그렇지만."

사실 이런 사건은 법적으로 자신들이 해 줄 수 있는 게 없다.

법적으로 김유미가 거절하면 아무런 의미가 없기 때문이다.

문제는 성화에서 김유미의 주변 인물을 괴롭히는 것을 법적으로 막는 것은 한계가 있다는 것이다.

실제로 조폭들이 누군가를 괴롭히고 싶을 때 가장 많이 쓰는 것이 그가 아니라 그 주변 사람들을 괴롭히는 것이다. 그렇게 하면 당사자는 사회적으로 고립될 뿐만 아니라 죄책감에 결국 모든 것을 포기하게 된다.

"다른 곳은 일단 성화라는 이름에 한번 발을 빼고, 그렇지 않은 곳들은 법적으로는 문제가 없다고 또 한 번 발을 빼더군요."

"틀린 말은 아닙니다. 법적으로 변호사가 도와 드릴 건 없네요."

"그래서 여기에 온 겁니다. 새론은 법적인 방법이 아니라고 하더라도 방법을 찾아 준다고 하니까."

"끄응……."

노형진은 머리를 북북 긁었다.

상황은 이해가 간다. 하지만 어찌 되었건 상대방은 성화의 혈통을 가진 사람이다.

대룡과 긴밀한 관계를 가지고 성화와 싸우는 새론의 입장에서는 부담스러운 존재다.

"아무래도 그냥은 안 될 것 같군요."

"하지 않겠다는 뜻인가요?"

"그게 아니라 문제가 문제인 만큼 대룡의 동의를 얻어야 할 듯합니다. 어찌 되었건 성화와 대룡은 전쟁 중이니까요."

"그렇지요."

의외로 김유미는 순순히 고개를 끄덕거렸다.

"어차피 여기 말고는 별다른 방법이 있는 것도 아니니까요."

노형진은 괜스레 씁쓸해지는 기분이었다.

"허허, 참…… 성화 가문의 의뢰라……. 내 살다 살다 별 꼴을 다 보는군."

상황이 어이가 없는지 유민택은 피식하고 웃음을 터뜨렸다.

"뭐, 보아하니 그다지 우리한테 물어볼 상황은 아닌 것 같은데? 나도 그녀에 대해 알고 있네. 핵심 권력에서는 상당히 먼 여자이고도 하고, 또 가문과 그다지 친한 사람도 아니고. 더군다나 자네들이 그걸 해 준다고 해서 정보를 캐낼 수 있는 것도 아니지 않은가?"

"그건 그렇지요."

"그걸 자네가 모를 리는 없을 것 같고, 왜 우리 핑계를 댄 건가?"

유민택이 정곡을 찌르자 노형진은 피식 웃었다.

아니나 다를까, 그는 노형진이 자신들의 핑계를 댄 것을 알고 있었던 것이다.

"성화가 결혼을 추진한다는 말을 전해 드릴 겸해서 말입니다."

"하긴, 그건 나도 모르고 있었던 일일세. 그건 좀 알아봐야겠군."

유민택은 얼굴을 찡그렸다.

지금 김유미가 대동 쪽 사람과 결혼한다는 것은 대동이 성화와 대룡의 싸움에서 성화의 편에 참전한다는 뜻이다.

아무리 국내 순위가 대룡보다 낮다고 해도 일본의 본진을 생각하면 아득하게 높은 상대인 만큼 호락호락한 싸움은 아니게 될 것이 뻔했다.

"대동이 도대체 왜 이런 결혼을 추진하는지 궁금해서 말입니다."

"흠……."

"이미 성화는 몰락하고 있는 상황입니다. 무너질 수밖에 없죠. 굳이 대룡에서 물어뜯지 않아도 다른 기업들이 물어뜯고 있는 상황입니다. 그런데 왜 갑자기 성화의 편을 들어 주는 건지 궁금해서요."

"음……."

즉, 그들의 목적이 궁금했던 것이다.

노형진은 법에 대해서만 잘 아니 그 결혼이 도대체 어느 정도의 파급력을 가지는지 궁금했던 것이다.

만일 별 파급력이 없다면 대룡과 척을 져 가면서 그 사건을 담당할 이유는 없다. 김유미에게는 미안하지만 말이다.

"자네 대동의 한국 서열 순위를 아나?"

"네, 재계 순위 12위죠."

"하지만 일본의 재력까지 합하면 못해도 3위권까지 들어간다는 것도 알지?"

"알지요."

노형진은 고개를 끄덕거렸다.

그들의 주력은 일본이니까. 애초에 회장은 한국인일지언정 기업은 일본 기업이다.

"생각해 보게. 왜 대동이 그렇게 대단한 능력을 가지고 있으면서도 한국에서는 고작 재계 12위밖에 되지 않는지."

"음······."

"그들이 로비를 안 해서? 아닐세. 그들의 로비력은 우리가 잘 알지. 그러면 한국 시장을 무시해서? 도대체 어떤 기업이 무시하는 시장에서 12위를 할 정도의 재력을 투자하겠나?"

"그러면?"

"대동의 역사 때문이지."

"친일 기업이라는 거 말이지요."

유민택은 고개를 끄덕거렸다.

"대동은 친일 기업이네. 그건 누구나 다 아는 사실이지. 그래서 한국에 투자하는 것에 비해서 수익이 별로 안 나."

로비를 통해서 수많은 이권을 따 오는 데 성공했지만 정작

지갑을 열어 줘야 하는 한국 국민들은 대체재를 더 선호하는 편이다. 그래서 투자한 금액에 비해서 그다지 많은 돈을 벌지 못하는 것이 현실.

"그들은 이 사태를 어떻게 해서든 해결하려고 해 왔네. 자체 브랜드도 만들어 보고, 광고도 해 보고 말이야."

하지만 쉽지 않았다.

한국 사람들의 반일 감정은 생각보다 강했다. 더군다나 대동이 그냥 일본 기업도 아니고 매국을 했던 매국노들이 일본으로 도망가서 만든 기업이라는 것을 대부분의 사람들은 다 알고 있다.

"그런 상황이니 다른 기업들보다 무시도 당하고, 일종의 협조도 잘 안 되고 말이야."

"그런데요?"

"내 생각은 아무래도 성화가 그 부분에 대한 몸빵을 해 줄 거라 생각하네."

"몸빵?"

"성화의 브랜드로 등록하는 거지."

"아!"

노형진은 그제야 대동의 목적을 알았다.

일단 대동이 투자해서 새로운 브랜드를 만든다. 그리고 표면적으로 그 브랜드는 성화의 브랜드여야 한다.

성화는 어찌 되었건 한국의 기업이다. 그러니 사람들에게 거부감이 덜하다.

"하지만 돈은 투자한 대동이 가지고 가겠지."

"성화의 입장에서는 죽다 살아나는 셈이군요."

"그렇지. 내 생각에, 대동이 이번 기회에 한국에서의 사업을 확장하려고 하는 것 같네. 그리고 그 방법이 바로 성화이고."

그렇게 되면 성화는 확실하게 돈이 들어올 구멍이 생기는 셈이다.

어찌 되었건 자신의 브랜드니까 대동은 그동안 지지부진했던 한국 공략을 성공적으로 할 수 있고 말이다.

"아무래도 막아야겠군요."

"그래. 이번 일은 단순히 개인의 사건이 아니라 한국의 시장에 관련된 사건일세. 최소한 말이지."

그리고 그 뒤에는 자신들이 있을 것이다.

기력을 찾은 성화가 대룡을 가만둘 리 없고, 성화가 대룡을 공격하면 당연히 대동도 대룡을 공격할 것이다.

"생각보다 큰일이군요."

노형진은 머리를 북북 긁었다.

이건 전혀 생각하지 못한 쪽으로 일이 굴러가게 생겼던 것이다.

"솔직히 성화에서 그런 짓을 하고 있을 거라고는 우리도 몰랐기 때문에 뭐라고 할 수가 없군."

"하긴…… 아무리 대룡의 정보력이라고 해도 성화의 가정

사까지 파고드는 건 쉬운 게 아니죠."

더군다나 성화 입장에서는 대룡을 경계해서 철저하게 조용히 일을 진행시켰을 것이다.

다만 당사자가 노형진을 찾아갈 거라 생각하지는 못한 듯하지만 말이다.

"그렇다면 이건…… 그냥 단순 사건은 아니군요."

"그렇지."

"그러면 유 회장님이 도와주실 수도 있겠네요?"

노형진은 생각하다가 뭔가 생각난 듯 히죽 웃었다.

그 미소를 알아챈 유민택은 아차 싶었다.

'이런 속았다.'

생각해 보면 노형진이 대동의 속셈을 모를 정도로 어리숙한 변호사가 아니다. 어찌 되었건 대한민국에서 제일 잘나가는 변호사이고, 미다스의 손이라고 불릴 정도로 유명한 투자자가 아닌가?

그런데 그런 그가 대동의 속셈을 몰라서 유민택에게 물어본다? 그건 가능성이 없다고 봐도 무방하다.

'끄응…… 이거 공짜로 일하게 생겼구먼.'

안 봐도 뻔했다. 슬쩍 이 소송에 대룡을 끼워 넣어서 좀 더 편하게 일하겠다는 목적이었던 것이다.

자신은 이미 상황에 대한 전반적인 이야기를 모두 들었고, 거기에다가 성화와 관련된 일인 만큼 안 도와줄 리 없다.

안 도와주면 대동과 성화가 손잡을 가능성은 높아질 텐데 그건 결코 대룡에 유리한 것이 아니다.

"도와줘야겠지."

유민택은 약간은 어이가 없다는 얼굴로 툴툴거리면서 말했다. 이렇게 한 방 먹을 거라 생각하지 못했던 것이다.

들은 이상 발을 뺄 수도 없다.

"좋은 거 아니겠습니까? 이참에 성화에 한 방 제대로 먹일 수 있을지도 모르구요."

"하긴…… 그 결혼만 막으면 확실히 성화에는 큰 타격을 줄 수 있을 걸세."

노형진의 말에 일단은 수긍하는 유민택.

그런데 본격적으로 자신이 한다고 결정하니 궁금한 것이 하나 있었다.

"그런데 상대가 누구라고 하던가?"

"상대요?"

"그래, 결혼은 혼자 하는 게 아니지 않은가? 아무리 찬밥 대우라고 하지만 이쪽에서는 어찌 되었건 김유미가 나가는데, 김유미는 회장인 김일성의 친손녀야. 당연히 그에 걸맞는 사람이 나와야지. 나이를 봐서는 4세대쯤 되는 녀석일 것 같은데."

노형진은 김유미와 했던 대화를 토대로 그 사람의 이름을 기억해 냈다.

"신강수라고 하더군요."

"뭐? 신강수?"

깜짝 놀라는 유민택.

노형진은 그의 행동에 어리둥절했다. 모든 정보를 다 말해 줬으니 놀랄 만한 일은 없다고 생각했는데 유민택의 행동은 누가 봐도 놀란 모습이었기 때문이다.

"왜요? 문제가 있습니까?"

"진짜인가? 신강수라고?"

"네. 그 사람 성격이 안 좋은가 보죠?"

"안 좋은 게 문제가 아니라……."

유민택은 어이가 없는지 잠깐 말을 멈췄다가 천천히 입을 열었다.

"대동의 4세대 돌림자는 '동' 자를 쓰네."

"'동' 자를 쓴다고요?"

"그래. 그리고 '동' 자 항렬이 지금 이제 슬슬 전면에 나서 면서 결혼을 이야기할 때이지."

돌림자란 한 가문에서 항렬을 나타내기 위해 쓰는 단어다. 즉, 그 항렬의 아이들은 동일한 글자를 쓰는 것이다.

"네? 하지만 신강수는 '동' 자가 안 들어가는데요?"

노형진은 고개를 갸웃했다. 그러면 그 사람은 누구란 말인가?

"3세대가 '수' 자를 돌림으로 쓰지."

"3세대라 하면?"

"당연히 4세대의 아버지 세대일세. 신강수는 3세대이고,

현재 나이가 55세일 거야."

"뭐라고요!"

노형진은 놀라서 입이 쩍 벌어졌다.

55세면 이제는 결혼을 이야기할 나이가 아니다. 물론 재혼이나 그런 걸 할 수야 있다. 하지만 그건 어디까지나 사랑을 기반으로 하는 거지, 난데없이 젊은 여자를 데려올 만한 것은 아닌 것이다.

"더군다나 그의 아들인 신동우 나이가 스물일곱 살이야."

"아들이 스물일곱 살이라고요? 하지만 김유미 나이가 이제 스물다섯 살인데요?"

"더군다나 며느리가 스물여섯 살일세. 두 살 된 손자가 있고."

"미친⋯⋯."

그러니까 쉰다섯 살 먹은 노친네가 자기 며느리보다 어린 여자를 데리고 살겠다는 뜻이다.

김유미는 시집가게 되면 졸지에 자신보다 어린 아들과 며느리에, 심지어 손자까지 생기는 셈이다.

"아니, 나이 쉰다섯 살이면 먹을 만큼 먹은 사람인데 아내는요?"

"2년 전에 죽은 걸로 알고 있네."

"끄응⋯⋯."

노형진은 기가 막혀서 말이 안 나왔다.

물론 김유미가 남자라면 혹할 만한 미모를 가지고 있다고 하지만 아무리 그래도 이건 아닌 듯했다.

"성화가 생각보다 더 다급한 모양이군."

"그런 것 같네요."

신동우가 스물일곱 살이면 그 또래의 4세대 중에서 분명히 김유미와 나이가 맞는 사람이 있을 것이다.

그런데 3세대, 그것도 사별한 쉰다섯 살에게 스물다섯 살짜리 딸을 준다는 건 엄청나게 자존심이 상하는 일이다.

그런 조건을 받아들였다는 것 자체가 성화의 상황이 아주 안 좋다는 뜻이기도 했다.

"그만큼 다급하기도 하거니와 그만큼 김유미가 가치가 없다는 뜻이기도 하지. 그 여자가 왜 굳이 자네에게까지 찾아가서 의뢰하는지 알 것 같군."

그런 취급을 받으면서 세상에 누가 집안을 좋아하겠는가? 더군다나 배울 만큼 배운 사람이?

"일단 이 사건은 제가 담당해야 할 것 같군요."

"그래야 할 걸세. 성화가 그렇게 다급한 상황이라면 얼마 안 남았다는 거니까."

이걸 제대로 파토만 낼 수 있다면 아마도 성화에는 돌이킬 수 없는 타격이 될 게 뻔했다.

"어쩌면 기회일지도 모르겠군."

유민택의 눈이 마치 먹잇감을 발견한 맹수처럼 반짝거리기 시작했다.

　"쉰다섯 살요?"

　김유미는 입을 쩍 벌렸다.

　그저 강제로 시집가라는 소리만 들었지, 상대방에 대해서
는 전혀 알지 못했던 것이다.

　"모르셨습니까?"

　"내가 알면 그냥 있었겠어요? 당장 그놈의 집구석을 뛰쳐
나왔지!"

　"하긴……."

　세상에 어떤 여자가 쉰다섯 살 먹은 아저씨랑, 아니 그것
도 손자까지 있는 할아버지랑 결혼하는 걸 좋아하겠는가?

　"그러면 절대 할 생각이 없으시겠군요."

"미쳤어요? 그런 인간이랑 결혼하게!"

김유미는 진심으로 화내고 있었다.

강제 결혼이라고 반발은 했지만 설마 그런 조건일 거라고는 생각도 못 했던 것이다.

'그래서 말을 안 해 준 모양이군.'

안 그래도 거부하는데 상대방의 나이까지 들으면 무슨 일이 벌어질지 뻔하니까 말을 안 해 준 모양이다.

"하지만 이야기를 들어 보니 그냥 마냥 거절할 상황도 아닌 모양인 것 같던데요?"

"하아, 맞습니다. 제가 아무리 싫다고 해도 얼마나 집요한지……."

단순히 김유미만 괴롭히는 게 아니었다. 그런 거라면 어차피 성화 일가에게서 정도 못 느끼니 나가 버리면 그만이다.

문제는 자신을 설득한다면서 주변을 피 마르게 한다는 것.

"외가 쪽은 말을 안 하지만 당장 쓰러져도 이상이 없을 지경이라고 하더군요."

외가 쪽뿐만이 아니다.

친구들이나 같이 일하는 사람들, 심지어 그녀가 자주 가는 단골집까지 집요할 정도로 괴롭히고 있었다.

"도대체 사람 피를 어떻게 그렇게 잘 말리는지 놀라울 정도라니까요."

노형진은 차마 한두 번 해 본 짓이 아니라는 말을 할 수가 없었다.

"일단 상황이 상황인 만큼 그냥 있으면 팔려 가다시피 해서 거기로 가야 할 겁니다."

"큭, 도망가면 안 되나요?"

"도망갈 수가 없을 겁니다. 성화가 몰락하고 있다고 해도 대기업인 데에는 다 이유가 있으니까요."

"끄응……."

그녀가 어디를 가든 성화는 집요하게 괴롭힐 것이다.

"아니, 하필이면 왜 나예요! 여자가 나만 있는 게 아닌데!"

"아마도 신강수의 요구일 겁니다."

"요구라구요?"

"인정할 건 인정합시다. 김유미 씨는 누가 봐도 아름다운 사람입니다. 남자의 입장에서 탐나는 사람이지요."

"헐."

"이건 성적 차별 같은 게 아니라 사실입니다. 솔직히 저도 일 때문에 성화 쪽 가문의 사람들 얼굴을 다 압니다만, 유미 씨만큼 아름다운 사람은 없습니다."

"그게 문제죠. 전 어머니를 닮았거든요."

그녀의 어머니가 무척이나 아름다웠고, 그 때문에 아버지인 김두성이 반해서 결혼해 달라고 매달렸다.

그래서 재벌과 결혼했지만 나이가 먹고 나자 남은 것은 배신뿐이었다. 그녀의 집은 별 볼 일 없는 집안이니까.

"아마도 똑같은 생각이겠지요. 김유미 씨는 약속의 증거이기도 하지만, 기왕이면 다홍치마라고 하지 않습니까?"

"기분 나쁘군요."

"양성평등을 외치시든 안 외치시든 이건 어디까지나 현실입니다. 우리가 어쩔 수 없는 사실이죠."

그녀는 고개를 끄덕거렸다.

아무리 노력해도 자신들이 고칠 수 있는 한계가 있는 법이다. 아래쪽이야 그나마 변했지만 위쪽은 바뀔 생각조차 하지 않는 게 현실.

"어찌 되었건 현 상황에서 김유미 씨가 한국에 남아서 그들에게 저항할 방법은 없습니다."

"그러면 해외로 도망이라도 가라는 소리인가요?"

"아까도 말씀드렸다시피 성화가 그런다고 포기하지는 않을 겁니다."

해외라고 해서 그들의 마수가 닿아 있지 않을 리 없다.

"그럼 어떻게 해요? 그냥 내 주변에 피해가 가든 말든 쌩까고 살든가 아니면 시집가든가? 그거뿐이라는 건가요?"

짜증스럽게 말하는 김유미.

노형진은 그녀를 진정시키면서 입을 열었다.

"그건 아니죠. 전에도 말씀드렸다시피, 이번 사건은 절대로 법으로 해결할 수 있는 게 아닙니다."

그래서 다른 곳들은 손도 대지 못한 것이다.

이것이 법이다

노형진이야 다른 방법을 강구하지만 그들은 그 정도 창의력이 없으니까.

"그럼 어떻게 하라구요?"

"망명하는 겁니다."

"뭐라고요? 망명?"

순간 김유미는 어이가 없다는 얼굴이 되었다.

망명이라는 말이 여기서 나올 거라고는 생각하지 못했던 것이다.

"내가 무슨 민주 투사나 정치인도 아닌데 웬 망명? 그런 터무니없는 경우가 어디 있어요?"

"그건 착각이죠."

"착각?"

"네. 사람들은 망명이라고 하면 무조건 정치적인 것만 생각하지만, 사실 정치적이지 않은 경우에도 망명은 가능합니다. 물론 그 경우는 희귀하지만요."

"어떤 경우죠?"

"유미 씨의 경우는 아주 심각한 학대를 받을 가능성이 있는 자에 속하겠지요."

"심각한 학대?"

"네."

"전 직접적으로 학대받은 적이 없는데요?"

"그걸 위해서는 거짓말이 필요하지요."

"당신, 변호사 맞아요?"

"뭐 어떻습니까?"

거짓말하라는 말에 깜짝 놀라 김유미가 반문하자 노형진은 피식 웃었다.

"의뢰인을 위해 최선을 다하는 게 변호사인데요."

"그래도 그렇지, 거짓말이라니……."

"솔직히 완전히 거짓말은 아니지 않습니까? 직접적인 학대를 받지 않았다 뿐이지, 정서적인 학대를 받고 있으니까요."

김유미는 그저 고개를 끄덕거릴 수밖에 없었다.

아마도 어머니가 자신을 강하게 키우지 않았다면 자신은 그 집안에서 미쳐 버렸을지도 모른다.

"하지만 망명이 될지……."

"비슷한 사례가 있습니다."

"비슷한 사례?"

"네, 아프리카의 망명 사례지요."

아프리카는 조혼 풍습으로 유명하다. 채 열 살도 안 된 아이들이 조혼이라는 이름하에 팔려 가다시피 나이 먹은 사람들에게 시집가는 것이다.

당연히 심각한 성적 학대가 따르는 경우가 많았고, 사실상 인신매매인 경우도 적지 않았다.

"그런데 열두 살 먹은 아이가 이를 이유로 미국에 망명을 신청한 적이 있습니다."

"열두 살짜리가…… 망명을 신청했다고요?"

"네."

조혼의 위험에 처한 아이는 다행히 혼자가 아니었다. 주변의 사람들 말고도 국제기구에서 그녀를 돌봐 주고 있었던 것이다.

그녀는 도망가고 싶다는 의사를 그곳에 알렸고, 국제기구는 조혼과 명예 살인을 이유로 망명을 시도해서 그녀를 미국으로 망명시켰다.

"강제적인 결혼도 상황에 따라서는 망명의 조건이 된다는 뜻이지요."

"하지만 거기에는 국제기구가 끼었잖아요?"

결혼하기 싫다는 이유 하나만으로 망명을 허가해 준 게 아니다. 만일 그걸 거부하면 100% 명예 살인이 될 게 뻔하니까 허가해 준 것이다.

"하지만 난 그런 상황이 아니잖아요."

"그렇게 만들면 됩니다."

"네?"

"중요한 건 겉모습이니까요. 그렇게 보이게 만들면 충분히 가능합니다."

"……?"

노형진의 계획을 알지 못한 김유미는 그 말을 이해하지 못하고 갸웃거릴 수밖에 없었다.

"어이가 없는 작전이네요."

김유미는 노형진의 계획에 기가 막혀 하고 있었지만 그거 말고는 또 방법이 없어 보이는 것도 사실이었다.

"어이는 없지만 그래도 가장 확실한 방법 아닙니까? 상식적으로 한국에서 거대한 기업 세 곳과 척지고 쫓기는데 멀쩡하기를 바라는 건 무리 아닌가요?"

"그거야 그렇지만……."

노형진의 계획은 이랬다.

그녀에게 연인을 붙여 준다. 그리고 그 연인과 함께 도피하려고 한다.

당연히 성화는 그녀를 쫓는다. 그리고 결혼의 상대인 대동역시 그녀를 쫓을 것이다.

"하지만 세 곳이라면서요?"

"그러니까 여기에서 대룡이 필요한 겁니다."

노형진은 싱긋 웃으면서 유민택을 바라보았다.

"그렇지 않습니까, 회장님?"

"그러네, 하하하."

유민택은 신나게 웃었다.

"우리가 그 세 번째 기업이지."

김유미는 그게 이상했다.

다짜고짜 자신을 데리고 오더니 유민택을 소개시켜 주었다. 그리고 작전을 설명해 주기 시작했는데, 계획이 터무니없었다.

"어째서 대룡이 세 번째 기업이라는 거죠? 대룡은 직접적으로 관련이 없잖아요?"

"물론 대룡은 김유미 씨와 직접적으로 관련이 없습니다. 하지만 남자와 관련이 있을 수 있지요."

"남자?"

"네, 사랑의 도피를 하려고 한다면 남자가 있어야 하지 않겠습니까?"

"아!"

사실 성화와 대룡의 전쟁은 한국인이라면 대부분 알고 있다. 그런데 만일 대룡의 누군가가 성화의 아가씨를 사랑한다면? 그리고 함께 도피하려고 한다면?

"대룡에서는 당연히 보복하려고 하지요."

"암, 암! 보복해야지. 안 그런가? 귀한 남의 아들을 채 가다니. 암."

보복당할 사람을 앞에 두고 보복하겠다고 고개를 끄덕거리는 유민택.

그걸 보던 김유미는 기가 막혔다.

"이렇게 하면 한국의 대기업 세 곳에서 두 분을 쫓는 형태가 됩니다."

"그래서 망명한다고요?"

"네."

거대 기업 세 곳이 두 사람을 쫓는다면, 더군다나 김유미의 말대로 탄압의 증거가 있는 상황이라면 충분히 망명의 조건이 된다.

"그렇게 되면 성화와 대동은 유미 씨에게 손대지 못하게 됩니다."

망명은 기본적으로 이민과 다르다.

이민이 시민이 된다는 개념이라면, 망명은 국가에서 그를 보호해 준다는 개념이다. 물론 시민도 국가에서 보호해 주지만, 망명이라는 것은 그것보다 더 적극적인 개입이다.

만일 A 국가에서 B 국가로 망명한다면 B 국가는 A 국가와 척지더라도 그들을 보호하겠다는 뜻이 된다.

"이 경우는 국가가 아니라 기업이기는 하지만, 한국 한정이라는 면에서는 동일하지요."

"하지만…… 국가가 아니라서 해 줄지 모르겠네요."

"그 부분이 문제입니다. 박해의 대상이 국가여야 한다는 언급은 없거든요. 종교 단체 같은 곳도 가능합니다. 가령 이슬람 국가에서 기독교를 믿으면 망명의 대상이 될 수 있지요. 국가가 딱히 제재를 하지 않는다고 해도 다른 이슬람 신자가 할 수 있으니까요."

"그거야 그렇지만……."

그렇다고 해도 여전히 문제는 많다.

그리고 그걸 해결하기 위해 노형진은 유민택과 대룡을 끼워 넣은 것이다.

"제가 그냥 장난삼아 대룡에 부탁한 게 아닙니다."

"아니라고요?"

"네."

대룡은 일단 탄압자 노릇을 할 것이다. 물론 비공식이다.

하지만 기업 두 곳과 세 곳의 차이는 어마어마하다.

"그리고 다른 목적도 있지요."

"목적?"

"우리가 노리는 곳은 미국이 아니라 영국입니다."

"네? 웬 영국?"

"일단 두 가지 이점이 있지요."

미국은 무척이나 망명이 까다로운 편이지만 영국은 상대적으로 덜하다.

어찌 보면 당연하다. 미국은 테러 위협을 상당히 많이 받으니까.

한편으로는 김유미가 영국에서 공부한 기록이 있기 때문이기도 했다. 현지에 대한 감각도 있고, 아무래도 아예 기록이 없는 사람보다는 자국 내에서 공부했던 경험이 있는 사람이니 좀 더 우호적일 가능성도 존재한다.

"더군다나 영국은 그 유명한 《로미오와 줄리엣》의 국가 아니겠습니까?"

"아!"

《로미오와 줄리엣》은 셰익스피어의 소설 중 하나로, 전 세계에서 가장 유명한 작품 중 하나다.

전쟁 중인 두 가문의 연인이 사랑에 빠져 죽음으로 끝나는 이 작품은 셰익스피어의 대표작이다. 그리고 셰익스피어는 영국이 전 세계에 자랑하는 대문호다.

"그런 내용이라면 영국에서 심사하는 심사관도 영향을 받지 않을 수가 없지요."

"흠……."

"그리고 그렇게 아예 망명해 버리면 성화에서는 김유미 씨의 가족이나 친척들에게 손대지 못합니다."

안 그래도 그런 일로 망명하게 만들었다고 욕먹을 텐데 성화가 그들에게 보복하게 된다면 노형진은 그 사건을 대서특필해 줄 용의가 충분히 있었다.

"좋은 생각이기는 하지만…… 다른 방법은 없습니까?"

"글쎄요……. 그거 말고는 다른 방법이 생각나지 않는군요."

물론 그녀가 그냥 전혀 모르는 사람과 결혼해 버리는 방법도 있다.

하지만 그렇게 되면 성화는 분명히 그 남자의 가족들에게 보복할 것이다. 아니, 애초에 모르는 사람과 결혼하기 싫어서 새론에까지 왔던 그녀가 그런 선택을 할 리도 없고 말이다.

"결국 이슈를 타게 만들어서 성화가 압력을 행사하지 못하게 하는 게 제일 좋습니다."

"그게 방법인가요?"

"네, 법이 안 될 때 대안은 여론뿐이거든요."

"하아."

김유미는 싫은 티를 팍팍 냈다.

물론 하기는 싫을 것이다. 자신의 인생이 연극이 되는 것도, 다른 사람들의 관심거리가 되는 것도 싫을 것이다. 하지만 모르는 사람과, 그것도 무려 쉰다섯 살이나 먹은 노인네와 결혼하는 것은 더더욱 싫을 게 분명하다.

'포기해 주면 좋으련만.'

하지만 그녀 스스로가 성화의 일원이기 때문에 안다.

그녀의 집안은 절대로 포기하지 않을 것이다. 아니, 못 한다.

그녀가 본 성화의 사정은 그다지 좋은 상황이 아니고, 그 부분은 노형진과 유민택도 확인해 줬다. 그렇다면 성화가 살아남기 위해서는 자신이 신강수에게 팔려 가다시피 가는 수밖에 없다.

그들의 연합의 증거로 말이다.

"제 생각하고는 다르기는 하지만, 결국 현실은 타협하면서 살아야 하는 것이겠지요."

그녀는 고개를 끄덕거렸다.

"그 작전, 하겠습니다."

노형진은 씨익 미소를 떠올렸다.

"잘 생각하셨습니다, 후후후."

⚖

노형진은 다음 날부터 바로 작전에 들어갔다.

김유미가 말한 대로 성화가 주변 사람들을 괴롭힌 흔적이
나 증언을 찾는 것은 어려운 일이 아니었다. 그런 증거는 사
방에 널려 있었던 것이다.

물론 대룡이 남자를 괴롭혔다는 증거를 만들어 내는 것은
당사자가 있으니 어려운 일도 아니었고 말이다.

"야, 이런 말도 안 되는 사기를 다 치네."

"불만이냐?"

"그냥. 변호사가 사기를 다 친다 싶어서 말이지."

"변호사의 덕목은 뭐다?"

"그래그래, 의뢰인의 최대한의 이익이지."

손채림은 툴툴거리면서 서류를 정리했다.

자신도 모르는 사이에 황당한 사건을 가지고 온 노형진 덕
분에 졸지에 증거를 조작하고 있으니 툴툴거릴 수밖에.

"난 변호사 회사에서는 정의롭게 일할 줄 알았는데."

"지금도 충분히 정의롭거든!"

"그거 말고, 법을 지키면서 일할 줄 알았다고."

"기본적으로는 법을 지키면서 일하지. 하지만 상대방은 법을 안 지키면서 싸우는데 여기서만 법을 지키면서 싸우면 이길 수 있겠냐? 꼭 위법은 아니라고 하더라도, 편법 정도는 써야지."

"너무 맞는 말이라 부정을 못 하겠다."

조작된 증거를 서류에 넣고 봉인한 손채림은 한숨을 푹 쉬었다.

"아, 그러고 보니 그 여자 어떻게 되었어?"

"누구?"

"안숙희 말이야. 얼마 전에 사건 확인해 본다면서?"

"아, 그 사건? 아주 끝내주게 진행되고 있지, 뭐."

안숙희는 증거 조작과 사기 혐의로 미국에서 구속되었다. 그리고 그 상태에서 사건이 진행되고 있는데, 사기를 당한 반룽이 이를 박박 갈면서 자신이 쓸 수 있는 모든 능력을 동원해서 로비하고 있어서 못해도 4년 이상은 나올 것 같다고 한다.

"그리고 아이들은 결국 한국으로 들어왔지. 이혼소송은 미국에서 진행 중이고."

안숙희가 미국에서 건 이혼소송은 도리어 비수가 되어서 안숙희에게 돌아가고 있었다.

그 덕분에 형편없는 보상을 해 주는 한국이 아니라 엄청난 배상금을 책정하기로 유명한 미국에서 이혼소송을 하게 된 것이다.

"더군다나 미국에서 판결이 나오면 한국 법원에서는 아마도 인정해 줄 것 같아."

"그렇겠지. 사방에 안숙희에게 불리한 증거만 가득한데."

그렇게 되면 그녀는 남편의 재산을 빼앗기는커녕 이혼에 따른 배상금, 위자료, 양육비까지 해서 아마도 생존 자체가 불투명하게 될 가능성도 있다.

"그래도 의외네. 서만승이 순순히 들어오다니. 마약에 중독되어서 막판에 말 바꿀 줄 알았는데."

"아, 그거? 안 들어오려고 했지."

"그런데?"

"공항에서 못 가겠다고 개기니까 서규태 씨가 바로 미국 경찰 부르던데?"

"헐, 진짜?"

"응, 그러면 그냥 여기 마약쟁이로 남으라고. 경찰에 넘긴다고."

진짜로 아버지가 경찰을 부를 거라 생각하지는 못한 서만승은 도망치기 위해 허겁지겁 비행기를 탔고, 그대로 다시 한국으로 돌아올 수밖에 없었다.

"그 후에 집에 가서 뒈지게 맞았지. 우리가 보고 있는데도 신경도 안 쓰고 패더라니까."

"그래서?"

"이 멍청이가 정신 못 차리고 고소하겠다고 길길이 날뛰더라. 그래서 경찰을 불렀어."

집에서 뒈지게 맞은 서만승은 아버지를 고소하겠다고 경찰을 불렀다. 맞고 살 수는 없다고 생각했던 것이다.

그러나 그가 생각하지 못한 게 있었다. 한국 경찰은 미국 경찰과 다르다는 것.

"경찰이 왔어?"

"왔지. 그래서 서규태 씨가, 이 녀석이 미국에 가서 마약쟁이가 되어 왔다고 하니 그냥 가더라. 아니지, 그냥 간 건 아니구나. 더 패라고 하던데."

"쯧쯧."

미국 경찰은 어찌 되었건 폭행한 서규태를 체포했을 테지만 한국 경찰은 서규태를 충분히 이해하고 그냥 물러가 준 것이다.

물론 마약이 불법이기는 하지만 마약을 한국에서 한 것도 아니고 마약중독자가 되어서 돌아온 것 가지고는 어쩔 수 없으니까.

"진짜 죽일 듯이 패더라. 그다음부터는 찍소리도 못 해."

"그렇겠지."

하여간 그 일은 서규태에게는 좋은 쪽으로 해결되었다.

두 아이는 한국으로 돌아왔고, 배신했던 아내는 완전히 몰락했으니까.

"그나저나 이제 영국으로 나갈 일만 남은 거야?"

"아니, 그럴 생각 없는데."

"엥?"

"영국으로 망명한다고 했지, 영국으로 간다고 하지는 않았다."

"그게 뭔 소리야?"

"이건 여론전이야. 법적인 싸움보다는 국민들에게 보이는 이미지가 더 중요한 거지."

"그래서?"

"그러니까 적당히 쇼를 좀 해야지."

"쇼?"

"응, 쇼. 내 특기가 뭐냐? 바로 여론전이잖아."

손채림은 고개를 끄덕거렸다.

노형진은 유능하다. 그중에서도 여론전에 관해서는 다른 변호사들보다 훨씬 뛰어난 면모를 가지고 있다.

더군다나 노형진에게는 연결되어 있는 언론사들도 있다. 비록 인터넷 언론사라고 하지만 그 규모가 작지 않은 만큼 사람들에게 빠르게 퍼트릴 수 있다.

"그러니까 좀 더 극적인 쇼를 해 보자구, 후후후."

마지막 증거를 봉투에 넣은 노형진은 씨익 미소를 지었다.

⚖

서울수의 덕수궁 앞에는 주한 영국 대사관이 있다. 그리고 그곳은 언제나 조용한 편이다.

미국처럼 반미 시위가 있는 것도 아니고 그렇다고 무슨 테러 위협이 있는 것도 아니니까.

그곳을 지키는 것은 조용한 일이었다.

"굿모닝."

주한 영국 대사 윌리엄 로센은 그날도 즐거운 마음으로 출근을 하고 있었다. 얼마 후면 새해이기 때문이다.

"기분 좋은 일이 있나 봅니다?"

함께 출근하던 부하 직원 한 명이 묻자 로센은 씨익 미소를 지었다.

"딸이 영국에서 출산했다고 하더군요. 저도 이제 당당한 할아버지입니다."

"아이고, 축하드립니다."

"올 새해 휴가에는 손녀를 볼 수 있을 것 같습니다."

수년간 아이가 없어서 마음고생 하던 딸이 손녀를 낳았다는 소식에 로센은 너무나 행복했다.

"당장이라도 가고 싶지만 그래도 새해까지는 있어야 하니, 하하하."

그렇게 그들이 웃으면서 안으로 들어가려고 할 때였다.

끼이익!

한 대의 차량이 무서운 속력으로 대사관으로 돌격해 오는 것이 보였다.

"피하십시오!"

경비를 서고 있던 사람들이 이를 눈치채고는 서둘러 로센을 끌어당겼다.

끼이익!

차는 거친 파열음을 내면서 코너를 돌았지만 이내 그 반동을 이기지 못하고 바닥으로 쓰러졌다. 그리고 그대로 미끄러지면서 멈춰 섰다.

"이 무슨……."

사람들은 입을 쩍 벌렸다. 조용한 영국 대사관 앞에서는 처음 벌어진 일이기 때문이다.

끼이익!

문이 열리면서 나오는 한 남자. 그는 손을 흔들면서 도움을 요청했다.

"도와주세요! 제발 도와주십시오!"

"저거…… 어떻게 해야 합니까?"

경비원들은 어쩔 줄 몰라 했다. 그렇게 되면 자리를 이탈할 수도 있는 일이기 때문이다.

"뭐 합니까? 당장 도와줘야지요!"

하지만 정작 대사인 로센은 먼저 나서서 옆으로 전복된 차량으로 달려갔다.

"대사님! 위험합니다!"

"사람을 구해야지요!"

그가 먼저 나서자 다른 사람들도 나서서 그쪽으로 달려가기 시작했고, 잠시 후 몇몇 사람들이 그 안에서 기절한 여자와 다른 남자를 꺼냈다.

"괜찮습니까? 다친 곳은요? 조금만 있으면 구급차가 올 겁니다."

그런데 남자는 다급하게 로센에게 달라붙었다.

"병원으로 가면 안 됩니다."

"네?"

"병원으로 가면 우리는 못 나갑니다. 제발 도와주십시오. 망명하고 싶습니다."

"망명요?"

로센은 터무니없다는 생각이 들었다.

한국에서 일하면서 망명하고자 하는 사람을 보는 건 처음이었기 때문이다.

'아니지……. 그렇게 쉽게 생각할 게 아니야.'

약간은 주저했지만 그는 정신을 차렸다.

망명이라는 것은 절대로 쉽게 할 수 있는 말이 아니다. 그 말이 나온 이상 대사로서 진지하게 생각해야 하는 일이다.

"병원으로 가면 다시는 못 나옵니다. 제발 도와주세요."

"음……."

"대사님?"

"일단은 안으로 들입시다."

상황은 알 수 없지만 망명이라는 말이 나온 이상 놔둘 수는 없는 노릇.

만일 허가가 날 상황이 아니라면 그때 내보내면 되기 때문에 로센은 서둘러서 안으로 그들을 데리고 가려고 했다.

그들을 데리고 얼마나 갔을까?

끼이익.

거친 파열음이 들리고 몇 대의 차량이 멈춰 서는 것이 보였다.

그 뒤를 따라온 것으로 보이는 차량 몇 대가 전복되어 있는 차량 때문에 들어오지 못하고 멈춘 것이다.

"이런 싯팔!"

"야, 저거 끌고 와!"

거친 욕설을 하면서 내린 남자들이 다급하게 이쪽으로 뛰자 로센은 부축하던 여자를 둘러메고 안으로 뛰기 시작했다. 그리고 경비를 서던 의무경찰들에게 다급하게 부탁했다.

"상황은 모르지만 일단 저들을 막아 주세요."

"네!"

그들도 상황이 안 좋다고 생각한 것인지 다급하게 그들을 가로막았고, 추격해 온 사람들은 그들 때문에 멈출 수밖에 없었다.

"뭐야, 싯팔!"

"안 꺼져!"

우격다짐으로 밀고 들어오려고 하는 사람들과 막으려는

의무경찰들.

그러는 사이 안에서는 다급하게 사람들이 나왔고, 로센은 다른 직원과 함께 남자와 여자를 대사관 영내로 데리고 들어갈 수 있었다.

"이런 시발 놈들! 야, 끌어내!"

의경은 고작해야 다섯 명 정도인 데에 반해 따라온 남자들은 열다섯 명이 넘었기 때문에 그들은 의경의 방해를 금방 돌파하고 대사관으로 들어오려고 했다.

"헉!"

"미친!"

남녀의 상태를 살피던 사람들은 기겁했다.

그 순간 로센이 입구를 자신의 몸으로 막았다.

"뭐야, 저 노친네는? 끌어내!"

선두에 서서 지휘하던 남자는 어이가 없다는 듯 외쳤다.

하지만 그다음 말에 다들 우뚝 멈추고 말았다.

"멈춰! 여기는 영국 대사관이다! 대사관의 영토는 영국의 영토이며 이곳을 침범하는 것은 영국에 대한 도발이다!"

"도발?"

"지금 영국에 대하여 선전포고하는 건가!"

그는 한국에서 오래 살아서 어느 정도 한국어를 할 줄 알았다. 그래서 어눌하지만 확실한 말로 그들을 정지시켰다.

"한 발자국이라도 이 안으로 들어오는 순간, 그건 영국에 대한 도발로 간주하겠다."

"크흑⋯⋯."

어쩔 줄 몰라 하는 남자들.

선두에 선 남자는 어쩔 수 없다는 듯이 앞으로 나서서 말했다.

"그런 의사는 없습니다. 우리는 더 연놈들만 끌고 가면 됩니다. 넘겨주시면⋯⋯."

"자네들은 누군데? 그리고 이 사람들은 누구고?"

"저 녀석들은 범죄자입니다. 그러니까⋯⋯."

"영장은? 신분증은? 애초에 당신들이 경찰이라면, 왜 하나같이 마스크로 얼굴을 가리고 있지?"

"⋯⋯."

십여 명의 남자들은 커다란 마스크로 얼굴을 가린 채로 난데없이 나타나서 도망치던 남녀를 내놓으라고 하고 있었다. 당연히 제대로 된 사람이라면 그들에게 피해자로 보이는 사람들을 내줄 리 없다.

"그건⋯⋯ 사정이⋯⋯."

"신분은 밝힐 수 있나?"

"⋯⋯."

"경찰도 아니다, 신분도 밝힐 수 없다, 그러면 자네들을 어떻게 믿고 이들을 내준단 말인가? 더군다나 이들은 나에게 망명 요청을 했네."

"망명?"

"뭐야, 싯팔…… 그게."

"망명 결정이 확정될 때까지 이 두 사람은 우리 영국 대사관의 보호하에 있다. 절대 못 넘겨준다."

"큭."

남자들은 어이없다는 얼굴이 되었다가 당장이라도 뛰어들 듯 슬금슬금 안으로 모여들었다.

하지만 그 행동은 선두에 선 사람의 말에 멈출 수밖에 없었다.

"멈춰라. 대사관은 영국 땅이야. 여기에서 들어가면 국제문제가 된다."

"하지만 형님, 큰 어르신이……."

"닥쳐! 일단은 물러나자. 경비 중대가 오면 곤란해진다."

입구에서 이 사달이 났으니 분명 경비원들이 올 것이다.

의무경찰 경비 중대뿐만 아니라 영국 대사관에 배치된 무관들 역시 전투준비를 하고 있을 것이다.

실제로 지금 이 순간 무관들은 각자 총을 든 채로 이쪽을 뚫어지게 바라보고 있는 상황이었다.

"알겠습니다."

남자들은 마치 썰물 빠지듯이 빠져나가서 자신들이 타고 온 차를 끌고 어디론가 향했다.

그러자 로센은 그제야 몸을 돌려서 두 사람을 데리고 안쪽으로 들어가기 시작했다.

"어서 들어가요! 그리고 바로 닥터를 불러오세요."

"네!"

좀 떨어진 곳에서 상황을 살피던 노형진은 그들이 그렇게 안으로 들어가는 모습을 보면서 씨익 웃었다.

"우와…… 끝내주게 스펙터클하네. 요 근래 참 볼만한 거 많다."

손채림은 옆에서 피식 웃으면서 망원경을 내렸다.

지난번에는 막장 드라마더니 이제는 액션이라니.

"이렇게 하면 무척이나 사람들의 관심을 받게 되지. 당연히 자연스럽게 영국 대사관으로 들어갈 수 있게 되고."

"그냥 갈 수도 있잖아?"

"실질적으로 추격받고 있다는 것과 그냥 가서 '망명하고 싶은데요.'라고 말하는 건 그걸 판단하는 대사가 느끼는 강도가 다르다고."

"하긴……."

누군가 정체 모를 녀석들이 추격하고 있는데 그걸 그냥 돌려보낼 대사는 많지 않을 것이다.

"뭐, 무능한 한국 대사관이라면 그럴지도 모르지만."

"킥킥."

킥킥거리면서 웃는 손채림.

그녀도 아무래도 해외에서 살아 봤기 때문에 그들의 무능에 대해서는 누구보다 잘 알고 있었다.

"특히 유럽 쪽은 이런 인권 같은 거에 좀 무른 편이라서 말이지."

"그런가?"

"그래."

"그나저나 저 남자들은 괜찮은 거야?"

"응."

남자들은 새론의 경호 팀이니 말이 새어 나갈 이유는 없다. 차는 대포차이니 검색해도 나오지 않을 테고 말이다.

"그나저나 차가 뒤집힐 줄은 몰랐어."

"난 알았는데?"

"뭐? 어떻게?"

차가 옆으로 전복되는 경우는 드물다. 그런데 차가 전복되는 바람에 사람들의 관심을 끌게 된 것이다.

그런데 전복될 거라는 걸 알았다니?

"저거, 차가 잘못 나왔거든."

"뭐라고?"

"내가 심심해서 저 차를 고른 게 아니야. 저거 박스 카거든."

박스 카란 유선형의 다른 차들과 다르게 네모난 형태를 가진 차량을 말한다. 그런 박스 카는 모양이 예뻐서 여자들에게 인기가 많다.

"그런데 박스 카는 그 형태상 아무래도 다른 차들에 없는 문제가 있지."

"문제?"

"그래. 무게중심점이 너무 높아."

차량을 만들 때 중요한 것 중 하나가 바로 무게중심이다. 그게 낮을수록 차들은 더 안정적인 코너링을 한다.

문제는 박스 카의 경우 지붕이 높은 형태로 만들어진다는 것이다. 당연히 무게중심이 상대적으로 높을 수밖에 없다.

"물론 어지간한 경우가 아니면 전복까지 가지는 않지. 일반적으로 주행하는 도로에는 그렇게 급커브가 없으니까. 하지만 저렇게 갑자기 90도로 확 꺾으면 박스 카들은 무게중심 때문에 옆으로 넘어가게 되어 있어."

"헐…… 그걸 예상한 거야?"

"그래야 좀 더 스펙터클하지, 안 그래? 설마 차량이 전복되는 상황까지 당하면서 도망치는 사람을 의심하겠어? 그리고 그렇게 사고가 눈앞에서 나면, 아무래도 사람은 불쌍하다고 생각하기 마련이거든."

"넌 진짜…… 머리 끝내준다."

손채림은 혀를 내둘렀다. 설마 그런 것까지 감안해서 차량을 골랐을 줄이야.

"그런데 많이 안 다쳤을까?"

"그다지 다치지는 않았을 거야. 일단 전복은 속력의 문제가 아니라 커브의 문제라 그다지 빠른 속력도 아니었으니까.

그리고 안에 보충재도 충분했고."

"보충재?"

"아까 말했잖아. 저건 여자들에게 인기가 있는 차량이라고. 내부를 여성용 차량처럼 아기자기하게 꾸미면서 인형을 잔뜩 가져다 놨지. 그게 충분히 충격을 흡수했을 거야."

"너 혹시 무슨 독심술을 한다거나 미래를 본다거나 그러는 거 아니지?"

노형진은 손채림의 말에 그냥 씩 웃고 말았다.

실제로 사이코메트리 능력이 있기 때문이다.

"일단 그 두 가지 능력은 없는 것 같네."

"뭐, 뭐야? 그럼 다른 건 있다는 것 같잖아?"

"비밀이다."

"뭐라고? 야! 뭔데!"

"비밀이지롱."

노형진은 키득거리면서 웃었다.

"진짜 있겠냐. 자, 그럼 바로 다음 일을 시작하자고."

노형진으로서는 한시가 바쁜 상황이었다.

⚖️

"저기, 선생님. 비밀도 아닌데 말씀해 주시지요."

노형진은 바로 기자들에게 연락했다. 그러자 기자들은 냄

새를 맡고 영국 대사관으로 달려갔다.

그러나 영국 대사관은 기밀이라면서 말해 주지 않았다. 망명을 시도하는 사람에 대한 정보는 철저하게 비밀로 해야 하기 때문이다.

그럴수록 기자들은 안달했고, 그런 기자들에게 노형진은 슬쩍 뚫을 수 있는 곳을 알려 줬다.

"비밀도 아니긴. 비밀인데."

"어차피 누군지 금방 알려질 텐데요. 적당히 모른 척하고 알려 주세요."

"적당히 모른 척이라는 게 말이나 되나, 이 사람들아."

그들이 노리는 대상은 다름 아닌 의사였다.

대사관에 의사가 있을 리가 만무하니 외부에서 들어가야 했고, 그 의사는 망명자들의 신분을 알 수 있었다.

"대충 이야기는 나왔습니다. 사진까지 흘러나왔는데 누군지 모르겠습니까? 솔직히 찾으려고 하면 찾죠. 시간 좀 줄이려고 하는 겁니다."

슬쩍 의사의 주머니에 뭔가를 찔러 넣는 기자들. 그리고 눈앞에서 사진을 흔들었다.

그걸 본 의사는 눈이 흔들렸다.

'어떻게……'

물론 이 사진은 노형진이 뿌린 것이다.

하지만 의사의 입장에서는 그걸 알 수가 없다. 설사 안다고 해도 상관도 없고.

노형진이 사진을 준 이유는 간단하다. 의사의 양심을 살짝 흔들기 위해서였다.

"그렇다면야……."

아예 비밀이라면 그도 말하기 힘들어진다. 하지만 사진까지 나갔다면 늦어도 내일이면 신분이 나온다.

그 전에 자신이 슬쩍 말하고 수익을 챙기는 정도는 상관없다는 식으로 자기 합리화를 하게 만들어 주기 위해서였던 것이다.

"내가 말했다고 하면 안 되네. 자네들이 이 사진으로 수소문한 거야."

"알지요. 그럼요. 암요."

기자들은 눈에 불을 켜고 달라붙었다.

잠시 후 의사의 입에서 천천히 망명 신청자의 신분이 나오기 시작했다.

"김유미라고 한다고 하더군."

"아니, 이름만 알면 뭐 합니까? 더 중요한 게 있잖아요."

"험험."

그가 입을 다물자 슬쩍 들어오는 다른 손. 그는 그제야 다시 입을 열었다.

"믿기지 않겠지만, 김유미는 성화 집안의 핏줄이지."

"네? 성화의 사람이라고?"

"그러고 보니 들어 본 적 있어. 그런데 웬 망명? 이해가 안 가네."

한국에서 최고의 부자인 대기업. 그 집안의 손녀가 망명을 한다? 도무지 이해가 안 가는 말이다.

"보아하니 사랑의 도피라고 하더군."

"사랑의 도피?"

"그래, 자세한 이야기는 모르지만 아마도…… 집안 때문에 그런 것 같아."

"집안?"

"남자 이름이 유성용이야."

"단순히 집에서 반대한다고 망명한다고요? 그건 말도 안 되잖아요."

"그러게."

다들 어리둥절한 얼굴을 할 때였다.

기자들 중에도 눈치 빠르고 머리 좋은 놈이 있기 마련이다. 그는 김유미가 망명할 다른 이유를 찾다가 문득 생각나는 것이 있었다.

"그러고 보니 성화는 대룡과 전쟁 중이잖아?"

"그렇지."

"그런데 대룡이…… 유씨 집안 기업 아냐?"

"엉?"

"그러네. 회장이 유민택이잖아? 주요 인사들도 다 유씨고."

그건 다들 아는 상황이다. 그리고 그렇게 되자 한 가지 결론이 나기 시작했다.

"이거 진짜 사랑의 도피?"

"헐! 이거 대박이다!"

사람들이 아주 좋아할 건수를 잡았다는 생각에 기자들의 얼굴에서는 함박웃음이 터져 나오기 시작했다.

⚖️

"이야, 기자가 아니라 소설가네, 소설가."

누구도 사실에 대해 말해 준 것이 없다. 영국 대사관은 아무런 말도 하지 않았고 긍정도, 부정도 하지 않았다. 기자들은 성화에 몰려갔지만 당연히 성화 역시 아무런 말도 하지 않았다.

"그러니까 다들 자기 마음대로 소설을 쓰는 거지, 뭐."

"그냥 둬?"

"뭐, 상관있겠어?"

어차피 자신들의 목적대로 흘러가는 상황이다.

자신들의 목적은 성화에 최대한 창피를 주면서 그들의 계획을 방해하는 것.

"성화에서 대답하지 않을수록 우리가 유리해져."

"그거야 그렇기는 한데."

손채림은 왠지 걱정되는 모양이다.

"걱정하지 마. 사전에 이미 다 이야기가 된 상황이니까."

"그래?"

"그래, 김유미 씨는 아예 이참에 영국에 뿌리내릴 생각인 것 같더라."

그런 면에서 보면 이런 세기의 스캔들의 주인공이 되는 것도 나쁜 것은 아니다.

물론 함께 탈출한 유성용과 진짜 결혼할 건 아니지만 말이다.

"어차피 시간이 지나면 사람들은 잊기 마련이야. 그리고 커플이 헤어지는 것에 관해서 욕하는 사람들도 있지만, 그런 건 흔한 게 사실이고."

"하긴, 잠깐 욕먹는 게 훨씬 낫지. 쉰다섯 살 먹은 노친네랑 결혼해야 한다니. 우우."

손채림도 그 부분은 인정하는지 말하다가도 부르르 떨었다.

"그러니까 걱정하지 마."

"하지만 그래도 뭐라고 한마디 해 줘야 하는 거 아냐?"

"그건 내가 안 할 거야."

"응?"

"공식적으로 새론이랑 나는 이번 사건에 나서지 않거든."

"그거야 알지. 그러면 누가 말하는데?"

노형진은 씩 웃었다.

그리고 다음 날 유민택은 기자들을 초청해서 간단한 간담

회를 열었다. 물론 공식적인 자리였고, 목적은 회사의 신제품에 관한 내용이었다.

그러나 모든 기자들이 그 신제품에 관해서 궁금해서 온 게 아니었다.

"저기, 유 회장님."

"말씀하십시오, 최 기자님."

"궁금한 게 있습니다만."

어떤 질문일지 예상한 유민택은 살짝 얼굴을 찡그렸다.

그 표정에 최 기자는 대충 직감이 왔지만 그래도 물어보긴 해야 했다. 지금 언론과 인터넷에서 떠도는 그 모든 내용이 다 확실한 게 아니라 자신들의 상상이었기 때문이다.

"김유미에 대해 어떻게 생각하십니까?"

사람에 대해 물어보는 거였지만 사실 그 내용은 진짜 그 사람에 대한 판단이 아니라 그 사람에 대한 기업과 가문의 반응이었다.

"일단 우리 집안에서는……."

유민택은 잠시 말을 아꼈다. 그 모습은 마치 무슨 말을 할까 고민하는 듯한 모습이었다.

한참이 지나고 나서야 유민택은 천천히 말을 이어 갔다.

"그 아이를 받아들이고 싶은 생각이 없습니다."

"그 말씀은?"

"제가 드린 말씀 그대로입니다. 우리 가문과 기업에서는 그녀를 받아들이고 싶지 않습니다."

그 문장의 감춰진 내용을 모를 기자들이 아니었다.

그동안 그저 상상으로만 여겨지던 그 두 가문의 젊은 연인에 대한 소문이 진짜라는 것.

두 거대 집안의 반대.

그걸 피해서 망명까지 해야 하는 두 연인.

이 희대의 로맨스는 언론을 타고 빠르게 퍼지기 시작했다.

다음 권으로 이어집니다

200평 초대형 24시 만화방

수면실
(침대식) — 사우나석

다인석 — 샤워실

세탁기 — 신간100%

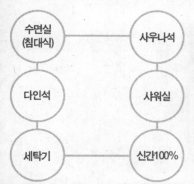

📖 수원 인계동점

나혜석거리 ● ● 농협

CGV ● ● 수원시청역 ⑧

무비 사거리

소주한잔
건물
24시 만화방 3F

홍콩반점 ● ● 홀플러스

TEL : 031-226-3771
수원시 팔달구 인계동 1041-11 3층 24시 만화방

📖 의정부점

의정부역 ④
⑤   홍선지하도

◀서울방향

진성약국 ●   ● 던킨도넛츠

24시 만화방
3F

TEL : 031-856-3971
경기도 의정부시 의정부동 197-13 3층

📖 주안점

주안
남부역

민병철
어학원

◀제물포   간석동▶

25시 만화방 6F

TEL : 032-426-2871
인천광역시 주안남부역 지하상가 4번 출구 GS25시 건물 6층

📖 안양점

● 안양역   육
교

◀관악역   명학역▶

● 농협
24시 만화방
2F
안양일번가

TEL : 031-466-3771
경기도 안양시 안양동 674-163 죠이당구장건물 2층

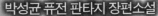

박성균 퓨전 판타지 장편소설

폭군
갱생기

복수의 끝? 아니, 새로운 시작!
전직 대륙 최강의 암살자, 폭군의 몸으로 들어가다!

가족과 친구 모두를 잃게 만든 제국의 암흑기
케인은 원흉인 폭군 황제에게 복수하기 위해 찾아가지만……

이미 죽기 직전인 황제의 농간으로
열세 살의 독에 찌든 과거의 황제가 되어 버린 데다
느닷없이 들리는 소리는?

띠링! 각성하셨습니다. 현재 신분은 제국 1황자입니다.
〈황제가 되어라〉 메인 퀘스트를 시작합니다.
황제가 되지 못하거나 제국이 멸망할 시 영혼이 소멸됩니다.

악바리 근성과 시스템의 도움으로 황제가 되어
썩어 빠진 제국을 갱생시켜라!

기이한 현대 판타지 장편소설

방송의제왕

"방송 작가의 필수 자질?
그건 방송 사고를 피해 가는 감이죠."

갑작스러운 교통사고로 데뷔 전으로 회귀한 세준!
미래의 '내'가 보내는 메시지로
한 많고 꽉 막혔던 인생,
이번에야말로 잘 살아 보려 하지만
기상천외한 방송계의 사건 사고들이 그의 앞을 가로막는데……

상위 5%의 작가들만이 앉는다는 '황금 방석'
그 이상을 넘보는 인간 한세준의
스릴 만점 '인생 2회 차' 개봉 박두!

ROK
MEDIA

魔教六弟
마교육제

송재일 신무협 장편소설

ROK ORIENTAL FANTASY STORY

『용권』의 작가 '송재일'의 신작!
한 소년의 무림 일대기『마교육제』

유혈이 낭자했던 정마대전 이후 평화 유지를 위해
서로의 제자를 십 년간 맞교환하기로 한 무림맹과 마교

그러나 마교주의 다섯 제자가 아닌
듣도 보도 못한 '여섯 번째 제자' 소윤이 무림맹으로 가는데……

난데없이 무인의 길을 걷게 된 소윤이지만
협의를 알게 되고, 이를 행하기로 마음먹는다

협俠을 사랑하는 마교육제 소윤
정과 마를 아우르는 절대자로 우뚝 서다!